DIÁLOGOS

DIÁLOGOS

Poesías y relatos varios

Enrique MERELLO-GUILLEMINOT

Imagen de cubierta: Designed by Freepik

Editorial: BoD · Books on Demand, Calle de Manzanares, 4, 28005 Madrid, bod@bod.com.es
Impresión: Libri Plureos GmbH, Friedensallee 273, 22763 Hamburg (Alemania)

ISBN: 978-84-1373-117-9

Sì, tra Zeri e Zoagli
nei confini del tempo
e delle parole
ci incontriamo per sempre...

UN PREFACIO

Una colección de trabajos completados sin prisa en un arco de tiempo considerable es lo que encontrará el lector en el interior del volumen que tiene entre sus manos. Son veintidós en total, número desde luego no casual que remite a una trayectoria, a un viaje, según el lenguaje sagrado. Sabido es que la idea de partir de un punto misterioso -dicho por la aleph- de infinitas convergencias, y encontrar al final la Cruz -que es la tav- supone la certidumbre de una resolución, la inefable consecución que es figura de todas las posibles.

En cada uno de estos trabajos he procurado concentrar todos mis temas obsesivos, mis recuerdos y el ropaje de su circunstancia, haciendo apoyatura en las realidades alternativas con su costado de inextricable fascinación, o en el borde a veces extremadamente fino entre la mímesis lúdica y el espacio-tiempo de la vida y la cultura.

Compuestos más que escritos, tal como cuando trabajo con la materia sonora, justamente en la búsqueda de la música oculta en el lenguaje de la palabra, podría decirse que estos *Diálogos* procuran entablar con el lector una suerte de contrapunto, a partir de un tema dado, esto es un tema con variaciones.

Es mi deseo que el lector pueda encontrar esos ecos en estos versos y ficciones de múltiples paisajes, ya desde el *décollage* del mítico caballo alado con el que se abre la obra hasta su punto final, cuando participe del viaje en un asiento del metro parisino; ese viaje de final ignoto, tanto como el término de la vida en esta tierra, o el inescrutable destino de cuanto en las páginas que siguen queda con mayor o menor suerte consignado.

EMG
Angers, 22 de noviembre de 2019

*Hay que escribir libros
como quien compone música.*

Novalis

POESÍA

PEGASO

Se besa oquedades de tanto,
Tanto acullá, magnánimo Orfeo,
La luna
Esculpida a lo alto,
Salpicado canasto
Que el trepar el cielo
Es para los astros,
Y arcanos misterios,
Pegaso,
Conducen al atrio
De eterno himeneo,
De cósmicos cánticos.

LOS CABALLEROS

Marchaba el conde de Saint-Paul
Con su cohorte de mantos negros;
Marchaba bajo la noche densa,
Rosario en su mano y lengua
Y en la otra, tomado su gladio.
Le movía su combate ancestral
(Atavis et armis),
Los pobres desheredados
Ya sin dedos en las manos
Y casi ya sin voz
Para proferir su llanto.
El Rey lo convocaba,
El Papa lo bendecía.
Marchaba el Comendador
Con sus mantos negros,
Dando consuelo y medicina,
Oponiendo a los inmisericordes
La cruz de sinople,
Las ocho bienaventuranzas.
Los caballeros,
Mirada a lo Alto,
Bajo el estandarte marchaban,
Con su Maestre,
Y el corazón de nobleza,
Medio milenio atrás
Entrando a Boigny.

POESÍA

¡Ah, de aquellos tiempos,
ah, de aquellos días
en que el silencio,
albo invierno sonreía

mostrando tras los filos
certeros, punzantes
que del lobo ahuecado
de acres desgarrantes

momificara mis lunas,
cuán impávido el éter,
ya luces, bordada lluvia,
penumbras transgredidas

O Eurídices mudas,
los senderos cimbreantes,
mis astros, mi ausencia
de blanda premura,

y el insidioso viento
de las texturas impías,
ciertos esfumados llanos
de las sombras tardías,

las olvidadas molduras

que ha ya tiempo mi inocencia
cinceló en estructuras
(qué tan sacra mi porfía
que de céfiros oscuros
agitó mi trascendencia,
fue cenit de mi impaciencia,
extremaunción de mis cadencias
nocturnales, que eran ubicuas
como ubicua es tu presencia
armoniosa y milenaria,
en mi instancia adormecida)!

SOROCABANA

Desde el eterno mármol
el negro fluido nos convida,
la cuchara dibujando un caracol,
tres pocillos, su bebida.

Tantas noches de bohemia
gris, tenues vapores
olvidados han pasado
por estas bóvedas de altas armonías.

Tanto sordo tango que respira tanto
y tanto llora antiguos sueños idos
y vigilias, negros fluidos aromáticos,
ya cuchara adormecida.

Aquí, ay, todo canta y cuenta
las cosas ya contadas –y sufridas-,
el fuelle, la poesía de otras noches,
de otros días, de otras largas melodías.

CLAUSTROS

Claustros, el ritmo inquebrantable
en espacios de misterio
Sembrados allende el tiempo
Donde san Benito y san Bernardo;
Letanías que ruedan en los siglos
Como los neumas que acarician sus piedras,
Sus arcos,
Su elocuente cadencia.
Claustros que espaciaron
Procesiones fragrantes,
Que entonaron con sus monjes
Y sus monjas
Al Cristo de Dios,
De un Pueblo, el clamor inusitado.
Claustros que hablan con su silencio,
Que esperan con su secreta resonancia
Y sus capiteles
Con historias,
Con su acanto,
Con sus viejos órdenes o sus geometrías,
Con sus oculus que bajan
El sol y la luna de lo alto.
Claustros a los que se vuelve
Cuando el mundo ruge,
Cuando el cielo se oscurece,
Cuando quien busca a veces

(Pareciera) vanamente
En el cemento
Necesita de Dios, Su silente abrazo.
En ese íntimo cuadrilátero
Donde la fuente canta,
Sí: el hombre lo encuentra
En su arcano templo santo.

Solesmes, 14 de septiembre de 2019

SONETO I

A Jael González Candia

Ya evoco, oh, Jael, irreversibles entelequias,
cuando éramos un mismo acorde, una sola melodía
que surcaba los abismos, trepaba tantos soles en
[esos mediodías
de vinos resonantes, de henchidos odres, de
emociones regias…

Una Babel de cristal que construíamos a medias
era, una brisa de vida que las hierbas sacudía
transgrediendo los asfaltos, la mortaja en que
[dormía
nuestro arcano extraviado, extasiado por las
[ciencias.

Sísara he sido para tu estaca, mi bella Jael, heroica,
para el profeta leal, aunque haya debido ser estoica
esta muerte mía -vida tuya-. Sí, evoco ya dulces
[horas,

ya tenue música, de cuyo manantial de salmodias
coros de incorpóreos seres inflamaban mutuas
[memorias
de instancias inenarrables en este aquí, en este
[ahora.

SOLFERINO

Ese viernes de San Juan
Tambores y clarines se oían
En cinco leguas de sangre.
Tres monarcas,
Dos imperios confrontados
Y el rey sardo gentilhombre
En Brescia recibido
Como libertador,
Y como constructor recordado
Por la obstinada historia,
De una nación
que altiva resurgía.
Y allí estabas tú,
Cruzando fuego desde el alba,
Llegado de Génova
Con tu gallarda estampa y altas ideas;
Bajo la mirada del extraño globo
Y de Dunant, cruzado memorioso.
Allí estabas tú,
En medio del furor de la guerra,
Abuelo de mi abuela,
Aventurero,
Levantabas puentes
Prefigurando un nuevo mundo.
Sí, allí estabas tú,
Pontiere Pietro Pesce,

Donde yo nunca estuve;
Poniendo el pecho
A balas perdidas
Que nunca te encontraron.
Para que al fin,
Pasados doscientos sesenta largos años
Desandando caminos
Yo encuentre, felizmente,
Y por obra de la gracia,
Mi otra Patria del alma.

IMPROMPTU

A Jaurès Lamarque Pons

Luna pendiendo ropa,
Ropa de azoteas,
Sinfonía en gris
Mayor, acuarela

Pincelándose al silencio,
Siete puertas de cedro
Subiendo hasta balcones
De enaguas, y el negro

Fuelle texturando, manso;
Y adoquines callando
Evanescencias de tango;
Es tanto

Lo oscuro,
Que la luna,
Que brillando en el umbral;
Que esos verdes
Tan muros
Envueltos en tules,
En patios callados,
Ya dormido el Zorzal,

A paraísos desnudos
La luna colgada
Masculla un cantar.

TE LLEVO EN MÍ

Te llevo en mí, Aurora,
En mis sonidos, en mis silencios,
Mi linfa, en mis pasos
Que encaminan altos proyectos.

Aurora, llevo tu risa limpia
Como llevo conmigo los sutiles mundos
De la mente, y tu voz tan miel
De los panales más fecundos.

Aurora, tus sentimientos llevo
Y el cristal de tu pensamiento arcano,
La luna, la plata, el azur de la noche,
Los ojos del cielo (los tuyos) tus manos.

Te llevo como entre líneas
Llevo en los neumas mi canto,
Te llevo como al oro hermético,
Como al códice más preciado:
¡De sol se viste mi templo
conmovido, Aurora, por tus encantos!

TEMA Y VARIACIONES PARA CONJUNTO DE METALES

Supe y no sé nada.

Supe de viajes metafísicos,
De senderos inasibles hinchiendo velámenes,
De estructuras locas de loco platonismo,
Donde yacer en tumba agrícola,
Nutriendo vidas profundas de pletórica
[metamúsica,
Y la escalera cual melisma entonado
A muertos muy vivientes, que no a vivos
[fenecientes.

Y la ebria flor antisensorial
De los multicolores pragmáticos,
Soliloquiando microcosmos desechables,
Que cuando no integran la siembra estelar,
Que los espejos alimentando
Nuestras banalidades,
Y esas blasfemias.

Supe de tiempos áridos,
De escarcha taxidérmica esculpiendo estatismos,
Tejiendo líquida realidad,
Y las tribulaciones a acerados afrodismos
De ámbitos acuáticos

Y esfinges atestiguando eras que desfallecen,
Minutos perimidos.

Y el neumostático fluido,
Estático,
Hidrostático
De argentinas sonoridades
Mitigando dolores de nervio lunar,
Que cuando el dórico sombrero,
Que mirando por el ojo endémico,
Polifémico,
Poliédrico como la vida misma,
Y la sumatoria de etcéteras,
Baluarte del vulgar,
Almohadón del erudito.

Supe de sietes,
De tules de tinieblas entre mares diamantinos,
Templos sumergidos, viajantes cóncavos.
Y de escaleras trepando el cenit
Hasta encontrar la Ciudad futura.

LOS NAIPES

Los jugadores abren el juego
Uno a uno con su nada a cuestas,
Cada uno con sus artes buscando
Desentrañar el destino y vencer la apuesta.

Un tal Nicolao Pepin dicen,
O tal vez el sarraceno le da
Oscuro origen, un Tratado en Siena
Lo nombra con propiedad

A este ludus cartorum
Por el Padre Juan invocado,
Donde nobles y plebeyos se enfrentan
Como en el ancestral cuadrilátero.

Poco importa hurgar en historias
Si las cuarenta y tantas imágenes
El gaucho ladino y barbado
Ni orejearlas ni manipularlas sabe,

Mientras que la guitarra
Vidalitas repetidas desgrana,
Y el indio desde el rincón oscuro
Caña en mano enciende su garganta.

¿Sabrá aquél de los elementos,

Los cuatro que cruzan su suerte?
¿Cuánto dicen la espada, la copa,
El oro, el basto que en números ascienden
A diez o doce, como la Ley
O los Apóstoles en este duelo sutil?
¿Sabrá de lo que enseñan los palos, la sota
O el caballo, el rey que mira sin sonreír?

Es del oponente el seguro corte
O de Dios acaso la mano
Que corta el mazo, en este juego
Que recrea el otro sin fin y arcano.

Blake lo decía: si el hombre
En su locura -y digo: jugando,
Como los niños- en el arco de sus días
Persistiera, se volvería sabio.

SONETO II

Como flor perdida arrancada de qué prados,
De qué mente, de qué canto de Gregorio
Pude sentir tu voz cantar cual promisorio
Trinar de aves surcando cielos demorados;

Como cincel furtivo que a los puntos cuadrados
Y a los perfumes limpios de tus dorados sueños,
Como la mirra y el incienso, a esos pequeños
Huecos, pude entrar embelesado.

Pude sí, entrar, y sabe Dios el laberinto
Que mis pasos conocieron, y del castillo
Alto de tu ser, la puerta vaga;

Sabe de tu albor sutil, el variopinto
Encanto de tu aurora, ¡y de lo sencillo
De extasiar en ti, María, mi mirada!

ELOGIO A JUANA DE IBARBOUROU

De niña estuviste a mi lado,
En manchas extasiada
Viendo allí el Amazonas con sus monos y
[guacamayos,
El bicornio del Sire o el perfil de Barba Azul;
Con tu nodriza venida de las sierras de Aceguá
Compartiendo juegos y estrellas,
Cuando las lanzas blancas y los fusiles colorados.

Más tarde el fervoroso reflejo tuyo
Fue el homenajeado, fue el amor y la vida,
Brillante y frondosa lengua;
Tu raíz salvaje, a donde no volviste, pues dijiste:
No hay cielo que se recupere ni Edén que se
[repita,
Dejando de un frescor sin relojes
El paraíso del recuerdo, el divino cántaro.

De joven ya, embelesada
Como de niña de las escenas bíblicas,
Portal a otros mundos sagrados,
Alabaste los loores
De Nuestra Señora del Cielo, y su manto
Te protegió de infortunios
Venideros, y pasados.

¿Es posible, luego, sola, tras el Capitán,
Con el hijo que amaste hasta el dolor extremo,
Perdida, encontrada
En lo alto de la cumbre de todos los honores,
Escapar a la erosión del tiempo,
Como la esquiva Esfinge
Que cantó el vate de Bilbao?

Hoy, desposada con América
(No lo digo yo, sino Zorrilla),
También perdida mi chance de encontrarte
En esta tierra, ida ya, pasajera en destino,
no hay palabras justas para agradecerte
el canto rodado de tus palabras,
el sortilegio de tu legado.

Angers, 10 de agosto de 2019

RELATOS

LOREM IPSUM

N esa esquiva noche, bajo el amarillento resplandor de la opalina, el lector abre su nuevo libro en busca del primer texto en prosa que allí se le presenta; le mueve una indisimulada curiosidad por conocer de su autor, habida cuenta de que lo sabe navegante de otros universos, aunque no está tan seguro de esto último.

El otro día vi a Patricia, pero estaba en compañía. Es decir, inequívocamente ella ya habla de sí en un contundente plural, mientras que yo desconozco aún si terminaré mis días en este mundo tan solitario como he llegado a él.

La vez que reparé en ella, viene a mi mente con el fuego y el estrépito de un verdadero impacto. En aquel entonces tenía diez años, y ambos íbamos a una escuela pública de Brazo Oriental. Sí, eso fue: un impacto. Estábamos en el recreo, el día estaba radiante y ella también, formando fila, cabellos llovidos y finos como la garúa, y dorados como un trigal en flor.

Pequeña, muñequita etérea que algún día estuvo sentada a mi lado en el mismo primer banco frente al pizarrón, por los generosos servicios de la Providencia, Patricia bromeaba habitualmente sacando ventaja de la timidez que me acompaña desde entonces. Su túnica brillaba como el verano, y en su tiesa moña un sinfín de zafiros parecían guiñarme siempre. Era toda pulcritud, bordadas sus iniciales acaso en algún bolsillo superior izquierdo. Más tarde la hube imaginado hija única, natural convergencia única del afecto de sus padres.

Patricia era y aún lo fue por mucho tiempo, la expresión misma de la belleza femenina, su manifestación más acabada, en un momento de mi corta vida en que aún no tenía asimilada en plenitud la dimensión profunda y plena de la palabra "amor". Y a su vez, creo que yo constituiría para ella una suerte de *juguete simpático de flequillos graciosos, carilindo burgués -el "hijo de la maestra"- que un buen día dijo "sí" a su propuesta de* arreglarnos, *lo que, en esos tiempos infantiles, significaba convenir a tener un vínculo de afecto algo más significativo que el circunstancial hecho de compartir aula o pupitre frente al barbado retrato de José Pedro Varela.*

Pues sí: tras largos años y como aquel primer día, su fulgurante mirada volvía a embalsamar mi triste figura. Salíamos con Fernando, del hall *de un cine cualquiera, hacia alguna parada, y allí tuvo lugar el tangencial encuentro.*

Pero ella ya estaba en compañía y quizá yo muera como nací, sin más eco que el de mis pensamientos, con mi sombra hueca y mi vacío. Hubiera querido que el instante se congelara para contemplar su mundo dorado, aunque, lo reconozco: gastaría de su tiempo precioso en este anónimo anteproyecto, por Dios.

Por entonces, bajo escrutadores focos y subida sobre sus puntas, ella giraba tules y muselinas, en medio de elongados arabesques *que movían al aplauso general, mientras que yo no era sino el responsable de hacer viajar pesados expedientes de un oscuro estudio jurídico de la calle 25 de Mayo a los juzgados cercanos y viceversa. ¿Qué otra cosa que no fuera admirarla a esos escasos metros, ahora que podía, haciéndole percibir de mi presencia que el espejo sin prisa duplicaba?*

Un torrente loco de emoción navegó por cada una de mis arterias, como una pirotecnia fatal. Patricia me miró, su fuego encendió mis carozos clínicos, la pareja se tomó de las manos y creo que estaban leyendo algo que no pude saber qué, entre algún comentario a media voz que tampoco pude escuchar.
- Gerardo, era ella, ¿no?
- La misma.

Fernando y yo nos perdimos en el cuadriculado gris de la calle gris enmarcada de casas grises como el vacío de mi sensación, a medida que nos alejábamos del lugar.

El lector sorbe su infusión aún humeante, perdida su mirada. Antes, busca desentrañar la lectura, desde lo dicho a lo supuesto, y se pregunta por qué no se sabrá nunca qué estaba leyendo sobre el final del relato el personaje femenino y su innominado acompañante.

Comprende que si hubiera sido el manido texto tomado de *De Finibus Bonorum et Malorum* de Cicerón el que se hubiese reproducido más arriba, definitivamente no estaría llegando al límite de estas precisas líneas.

Es cuando toma conciencia de la trama inesperada que éstas encierran, y se siente como perdido en la fatalidad de los infinitos espejos de Maurits Cornelis Escher, el *imaginauta* holandés; o integrado como apenas el reflejo del monarca en la enigmática tela de Velázquez donde la Infanta Margarita, sus meninas, sus enanos y su mastín.

Y se pregunta cómo pudo llegar a ser, a esa altura de su vida y sin que nadie le consultara, el protagonista de un relato que transcurre en esa esquiva noche, bajo el amarillento resplandor de la opalina.

EL NEUMA

VIGILIAS

EL estrépito de la campana cortó el silencio como una navaja. En la penumbra me apresuré a encontrar las sandalias que alcancé a calzarme enseguida, por aquello que prescribe la Regula, cuando dice: "Nada se anteponga a la Obra de Dios" y esto es ciertamente nada para todo aquel que busca al Señor hasta en las extremidades del abismo, como es mi caso. Estos mismos movimientos se repetían en las otras células como todos los días, o debo decir aquí como todas las noches.

Luego vi emerger aquí y allá los candiles con sus sombras en la intempestiva agitación de la alta madrugada, todos buscando la iglesia abacial; los pasos presurosos resonaron en los helados espacios que la separaban. Habida cuenta de la claridad que se percibía más allá, comprendí que mis colegas ya estaban instalados en el coro. Enseguida, ocupé mi puesto. El frío invernal me inquirió sobre la existencia de mis pies que no sentía bajo el hábito. Inmerso en mi cogulla, atiné a frotarme las manos, procurando calentármelas.

Ahora, el novicio responsable de la iluminación ya había dispuesto todo para comenzar el oficio. Las sombras se movían bajo las bóvedas, buscando cada una su lugar frente al altar, en un silencio que cada vez se hacía más redondo.

Finalmente, cuando éste ganó el espacio y todos en el íntimo recogimiento de la noche estábamos dispuestos en espíritu, cuerpo y alma para la plegaria, el Padre Abad dio la esperada señal: Domine, labia mea aperies…

LAUDES

Los primeros rayos del día tímidamente comenzaban a descubrir cada rincón de ésta, nuestra casa en donde desde nuestra pobre naturaleza nos afanamos en marchar como podemos tras los pasos de Aquél que se llamó a sí mismo el Camino, la Verdad, la Vida. Aquí en efecto, estamos todos en el alba gélida siguiéndolo, y es ciertamente en todo y en todos que Lo buscamos: en el Sacrificio del altar, pero también en ese peregrino humilde que golpea la puerta buscando resguardo, y al que se le recibe como a Cristo mismo.

Recorrer los arcos del espacioso claustro con un paso que retenía ex profeso, mientras volvían a mi mente los versículos del último salmo del oficio, me llevaba a perder la mirada en los capiteles de delicados motivos vegetales y fantásticos que conozco uno por uno e intuía entre las sombras. Pensé que la Belleza se expresa en el cincel del tallador con la misma delectación y esmero con que entono y luego registro por escrito lo que cantamos en comunidad, mi misión. Esa oración en torno a la fuente melodiosa del claustro, mientras el sol descubría las cumbres alpinas allá a lo lejos, me hacía tomar conciencia de la misteriosa conexión entre todos los que exploramos en las formas físicas y aún en las invisibles los signos de la Presencia divina, lo que explica el quadrivium que esbozaron los antiguos, y Beda el Venerable felizmente volvió a incorporar al estudio en las casas de nuestra congregación. ¿No es acaso la música una geometría aérea? ¿No son los sonidos silábicos y los no silábicos en su preciosa y variada alternancia, una forma de expresar con nuestra pobre materia humana, los infinitos ángulos de la insondable naturaleza divina?

PRIMA

Ayer fue la fiesta de la bienaventurada Lucía de Siracusa, la virgen y mártir. En medio de este tiempo de Adviento que es de espera y preparación de la Natividad, el ardor del corazón y del martirio de esta santa mujer del siglo IV quien en medio del suplicio del fuego cantaba las alabanzas divinas, me animó a sobrellevar los rigores extremos de este comienzo de año.

Terminada la Obra de Dios, me dirigí al scriptorium a proseguir la tarea encomendaba por el Padre Engilberto, el Abad que elegimos no hace de esto tres meses. La labor, anotar por escrito la totalidad del repertorio de los cantores, siguiendo día a día el calendario litúrgico en beneficio de una mayor exactitud, me sedujo desde el principio.

Hoy pues, antes de proseguir con las piezas del día, esto es, las del Domingo Populus Sion, me dispuse a revisar el trabajo de la víspera. El silencio que reinaba en el lugar ayudaba a la memoria a derramar sus caudales sobre el estrecho folio de pergamino que parecía aguardar expectante sobre mi pupitre. La presencia y acción del Hermano Eadweard frente al brasero creo que nunca fue tan apreciada por todos los notadores. Como en estos últimos meses hay un encargo importante para un príncipe amigo de la comunidad, pronto las plumas, tintas y demás utensilios se pusieron en condiciones para el trabajo: copiando, iluminando otros, en el caso de este escriba, transcribiendo humildemente lo que me dicta la oralidad recibida, y la memoria que resulta de estas dos décadas casi de labor en el coro.

Me detuve unos instantes en el comienzo del gradual Dilexisti iustitiam, y más precisamente en la sílaba pretónica de "odisti":

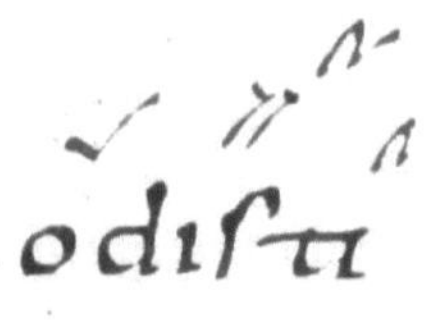

Luego cerré los ojos, buscando recuperar en mi mente la ejecución de ese magnífico responsorio gradual, y más precisamente la ejecución justa de ese pasaje. Recordé entonces a Isidoro, el santo obispo de Sevilla quien en sus famosas Etymologiae u Originum sive etymologiarum libri viginti se lamentaba de la falta de medios precisos para bien fijar los sonidos en el pergamino, cosa que aún hoy se mantiene incambiada, para pesar de quienes nos dedicamos a esta sagrada ciencia.

TERCIA

Por estos días circula por el monasterio y más allá de sus muros los rumores de la irrupción en las región de las hordas magiares. Fue el Hermano Hatto, quien gracias a su hermana Wilborada adquirió los latines para poder cantar en el coro de manera apropiada, quien nos alertó de este importante asunto durante una recreación, y más tarde lo hizo ella misma. Esto, ay, terminó de acelerar mi intranquilidad, pues desde que le auguró a Ulrico de Augsburg su ordenación episcopal, no hace de esto dos años, nadie duda aquí del don de profecía de esta piadosa mujer. "Ya previne de esto a los padres de Saint Magnus, y ahora se los digo a ustedes: que veo a los húngaros caminando altivos por la nave de la iglesia, que es necesario salvar la biblioteca del monasterio y huir en busca de la provisoria calma de las grutas cercanas, a fin de librarse del despiadado invasor."

Me consta que tras escucharla, el Abad no dudó en convencerla a que ella misma también huyera y salvara su vida. Personalmente, creo que Wilborada manifiesta desde la gracia, exactamente lo que va a ocurrir, mal que nos pese. Su voz es la del Señor, y sabemos todos que sus manos son también las del Señor: manos hábiles para encuadernar nuestros volúmenes, pero sobre todo manos capaces de sanar, como fue el caso de la buena de Rachildis y de tantos otros.

No obstante, al parecer ha decidido quedarse para orar por la suerte de los habitantes del burgo y de la nuestra, y se infringe a estos efectos toda clase de sacrificios para agradar a Dios. En todo caso, su espíritu de anacoreta siempre nos ha dado ánimo. Diría que su manera llena de esperanza más allá de las horas sombrías que se avecinan, es en sí misma una lectio tanto como la vida y martirio de santa Lucía: todos sabemos que el Bien, lo Bueno, lo Bello siempre prevalecen en los peores momentos y en las peores situaciones.

SEXTA

En el refectorio, mientras el lector cumplía con su tarea y todos comíamos el suculento plato, me esforzaba en recuperar en la mente la melodía exacta del gradual Dilexisti iustitiam que transcribí ayer, y cómo era exactamente el ritmo en "odisti" que me seguía planteando dudas. Tras Sexta, consulté con los otros cantores sobre el pasaje en cuestión. El hermano Hrodberth con su particular aire descontracturado, el de esas personas que parecen nunca tener necesidad de nada porque todo lo tienen solucionado, me respondió: "es pesante pero no tanto; no es la sílaba tónica en todo caso, la que lleva el signo, son dos notas de pasaje a la tenor, y aquí nunca le dimos especial destaque".

El asunto daba lugar a la confusión, al menos según mi real entender. Si era un signo de pasaje tal vez debí haberlo escrito de manera diferente, pensé. Y lo confieso: me resistí a borrarlo, un recurso tan rápido como fuera de protocolo. Precisamente fue por mi "precisión y memoria" (sic) que el Abad me encomendó esta labor. "Hermano Jakob, usted va a hacer este trabajo para la memoria histórica de la casa", me expresó aquel día en la sala capitular, mientras me palmeaba la espalda con gesto paternal. Decididamente no puedo traicionar su confianza, aunque en mi cabeza el tema no tenga de momento solución.

Los demás miembros del coro asimismo le quitaron trascendencia al problema, que naturalmente, no es el de ellos, sino el mío.

Ya habiendo concluido la transcripción del gradual Ex Sion, confié la tarea a san Galo y a la Virgen santísima, y le quité densidad a la anotación adjuntando un "celeriter", una de esas letras de Romanus que suelen ser tan útiles para toda información adicional y ay, también cuando se impone una corrección:

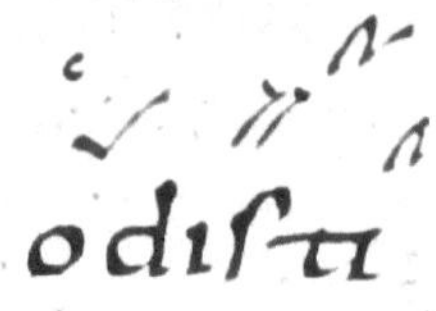

Desde luego, la ambigüedad resultante merecía un acto de contrición, aunque más no sea.

NONA

Hoy el sol no se dignó a acariciarnos siquiera, tan esquivo que se presentó sobre las cumbres cercanas. Pero sabemos que cuando la naturaleza somete al hombre a las pruebas más rudas, la virtud se fortalece, y el Reino de Dios con él, por cuanto somos piedras vivas del Cuerpo místico de Cristo. Además, el verdadero frío es el de la ausencia de caridad, cuando nada hay en el corazón; y cuando éste clama, brota el fuego del amor, como enseñaba el Águila de Hipona.

A la salida del oficio, por eso que en el lenguaje humano se llama casualidad, y que yo prefiero asignar a una manera sigilosa de actuar del Altísimo (para evitar acaso el aspaviento del milagro, que parece desmerecer la sola fe cuya recompensa es precisamente, la Ciudad de Dios), me crucé en la biblioteca con el venerable Michael. "Tiempos difíciles para la Santa Madre Iglesia, hermano", me decía. "Los magiares, en efecto, están llegando a todos los territorios al norte del Rin, y más lejos también, y son implacables; no hace un decenio atrás, Gozpertus, el abad de Rheinau encontró al Señor combatiéndolos, de una manera cruel. Su llegada a estas comarcas tendrá lugar de un momento a otro," sentenció.
Tenía en sus manos la copia de Sintram del Commentarium in Apocalypsin del Beato de Liébana, cuyos folios pasaba entre sus nudosas manos, pensativo. "¿Sabía usted que fue

solamente tras la conversión del rey Recaredo que la canonicidad del Apocalipsis de san Juan fue aceptada por la Iglesia de Hispana?", me preguntó. No sabía ese dato. Mientras me dirigía la palabra, contemplaba las aterradoras imágenes, con su escasa vista encima del libro. "Bien que haya sido confeccionado para nuestro estudio, la base de moral, dogmática y exegética de esta obra fue indudablemente muy útil para enfrentar entonces la herejía arriana", agregó. Y terminó diciendo: "Vea aquí: 'llegarán sus plagas, pestes, llanto y hambre, y será consumida por el fuego; porque poderoso es el Señor Dios que la ha condenado'. Es así como Wilborada lo afirma y también yo se lo digo: que el Abad habrá de llevar a la comunidad y a todos los libros pronto a buen resguardo".

La luz del día se desvanecía de las estancias, casi de la misma forma en que la gozosa expectación de la Natividad de Cristo se ensombrecía con lo que parecía ser el advenimiento del Día del Juicio. Praeparatio adventus Domini, era como definía este tiempo litúrgico Amalario de Metz, y cuánta razón tenía.

En todo caso, cada uno hace lo que le corresponde, hasta que el Señor disponga. Eso, entiendo en mi corta inteligencia, es "ser vigilantes"; procurar hacer las grandes como las pequeñas obras de la mejor manera. Como el signo musical que me ocupa, casi desde el despuntar del alba.

VÍSPERAS

El incienso vistiendo del sagrado perfume de Dios cada rincón de la iglesia, el morado de los ornamentos del celebrante, los tremulantes cirios cuya luz elemental convoca a los sentidos más allá del mundo físico, la cuidada salmodia de los hermanos, el himno expandiéndose en perfecta unión de voces, "al unísono de nuestros corazones" tal como enseña la Regula; todo ello hace de esta Hora, de los momentos de la jornada más vibrantes en la vida de un monje. El día cae con el sol; la fatiga por la labor y la oración colmadas encuentran su punto en el Deo gratias que la clausura, con su melodioso melisma, miel y sonido en una misma y rotunda "o", tan esférica como la perfección a la cual tiende, atributo divino.

En lo que a mí respecta, y sin que me conformara, al menos había intentado darle solución al problema de notación, procuraba justificarme. Tal vez fue el fruto de mi oración insistente a la santa de Siracusa, haber podido encontrar de una manera simple, o debiera aquí decir ingenua, una lectura alternativa a mi primer trazo de pluma.

¿Qué diría Notker de esta solución? ¿O el bienaventurado Tuotilo, autor de tropos y de organa de mucho interés, asimismo responsable de la admirable cubierta en marfil del Evangelium Longum? Ser fiel a quienes me precedieron en este cenobio, es lo que conviene a la Tradición de la Iglesia; y humildemente es lo que podemos hacer, carente del don de profecía de Wilborada, y dentro de estos muros, del venerable Michael, cuya voz entre los decanos, se impone con firmeza y a quien el Abad siempre le pide consejo.

Tras caer en la cuenta de los alcances de esta grave sentencia, antes de dirigirme al coro me apresuré a buscar el pupitre del scriptorium donde trabajo, y allí, instalado en ese íntimo y breve instante (y no quiero que se entienda aquí que sucumbí a la tentación de vanidad o de perfeccionismo estéril) agregué a mi copia, en ese preciso lugar del salmo XLIX, otra de las letras románicas. La menos drástica o la más tibia, dirían los escépticos, que acaso contemple mi imperdonable olvido rítmico:

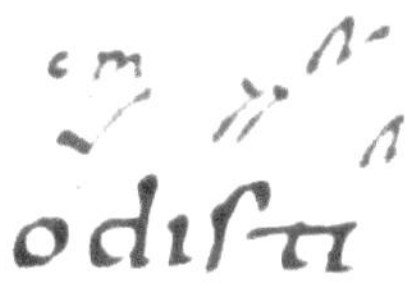

Con "mediocriter" no se agrega, en definitiva, ninguna cualidad absoluta al signo. Respiré profundo.

COMPLETAS

La noche se había instalado en la casa, y tras las extinción del último sonido, también el espacioso y fecundo silencio.

Con el neuma corregido -si cabe expresarlo en esos términos-, dejé plasmada en el pergamino una dualidad inquietante, una lección que plantea la paradoja de una doble lectura. En efecto, aquí si la *"c"* engendra la duda, la *"m"* le da una *ilusión* de solución, lo que hay que convenir no es una buena cosa, en términos de teología bíblica.

Hoy de tarde en la biblioteca, cuando confié la agitación de mi estado de espíritu al venerable Michael, de sus labios se escuchó lo siguiente: "Hermano, antes de que haya en la Sede de Pedro dos hombres de hábito talar blanco ante la perplejidad y el dolor de muchos, su libro será allí analizado, y será recompensado con el elogio de un sabio de la Galia, y una miríada de discípulos suyos".

En razón a lo enigmático de sus primeras palabras, es evidente que esto no me tranquilizó; pero al menos, puedo inferir de las mismas, que cuando a instancias de Wilborada los libros sean trasladados, también este Cantatorium con su neuma atípico estampado en el verso del primer folio se habrá de salvar, y con él, la música cantada en esta Abadía de San Galo. Que el Señor Todopoderoso dé larga vida a cada uno de sus monjes, oblatos y bienhechores, para la mayor gloria de Dios y de nuestra familia benedictina.

OTROS TIEMPOS

A mi padre.

I

"*F*ueron tiempos buenos aquellos del '30. Los recuerdo de entre fragancias de jazmines que me retornan hacia aquellas quintas trabajadas, donde arqueé mi menuda existencia, y evoco viejos barros resecos de mis botines futbolísticos que intercambiaban el cuero desgajado de un balón o las omnipresentes pelotas de trapo entre el andar displicente de perros sin dueño y coches angulosos.

Sí, fueron tiempos hermosos. Me inundan azares añejos, repito, pero siempre frescos en mi recuerdo. Me embriago una y otra vez de ese mundo virgen, de días soleados, de luminosas visitas a tías de plateadas cabelleras. Jornadas que se unifican entre distintas nebulosidades, celestes o ambarinas, que me mueven a reflexionar sobre esa persona cuyo rostro afeito cotidianamente a contrapelo frente al espejo: ¿es este navegante de mares enardecidos, combatiente a capa y espada, aquel piojo festivo de mirada chispeante y flequillos al viento? Me siento el protagonista de una película lejana, de una historia de *matinée* sin *cowboys*, pistoleros de la Ley Seca ni épica de pantalla grande: tan solo -y nada menos- que el afecto de mi abuela genovesa o el de mis padres, en un ambiente de un resplandor indescriptible, que lo enmarca todo como una postal viva. Recuerdos que el tiempo valoriza, como revistiéndolos de un divino metal y, huella indeleble en el devenir de mis acciones, se hacen una referencia constante a la que uno siempre vuelve como un entrañable molde de la idealizada felicidad; ese elemento de búsqueda sostenida, cuyo fuego quema y su luz nos traslada de manera recurrente a ese distante punto de partida. Tanto quisiéramos revivir esos recuerdos, instalarnos en esos escenarios lejanos, aunque más no fuera una única vez, que en el fragor del combate cotidiano, bajar el ancla en esos puertos de la memoria se me hace un ejercicio de asepsia del espíritu de alta eficacia.

Reconozco que la nostalgia no es un lugar para todos; y que exploro íntimamente esas antiguas exhalaciones con placer extremo, para desde allí recuperar cada uno de los detalles del escenario: aquella plazoleta con sus niños, la contemplación de algún balcón con madreselvas, el peso de las puertas estiradas, la luz amarilla de faroles altos sobre los adoquines gastados, las esquinas lánguidas.

II

Hace poco vi a Diego, uno de aquellos de la barra brava, gente de rompe y raja. Eran los tiempos de Coral y La Salteña, cuando los chocolatines venían con figuritas; tiempo de trompos y bolitas cascadas, de baleros pesados y cometas autofabricadas, esos juegos infantiles de todas las horas, diría, durante mi primera década y más de caminar por la vida. En el barrio próximo al Club Remeros o incluso en todo Paysandú, Diego era más conocido que la ruda; bueno, es necesario decir que era el autor de las diabluras más célebres, de las fechorías más inverosímiles.

Aquel día de verano, cuando llegábamos del río con nuestros aparejos y mojarras, con ese porte como de dueño de la calle y silbando bajito, lo vemos aparecer por la calle Piedras con metros y metros de soga al hombro. Y yo, que no era lo que se dice un santo de estampa, acepté su proposición entre risas cómplices, una idea que entonces me resultó fantástica.

Pocos minutos después vimos asomar desde lejos a las vecinas, a sus parientes, a niños curiosos, desde las ventanas, exhortándonos a liberar las puertas de la cuadra, las que estaban implacablemente trancadas por la acción de una larga cuerda que las vinculaba una a una, casi de esquina a esquina, sin excepciones. Como se encadenan los recuerdos, cuando los años nos enseñan la marcha del tiempo."

Las hojas amarillentas formato oficio mostraban el golpeteo desparejo de la máquina, con negros irregulares y agujeros en forma de "o" minúscula. Me saco las gafas y me refriego los ojos, la mirada perdida. Entre mis manos tenía yo una muestra de la entrañable pluma de mi padre arquitecto; a mi memoria volvía mi padre artista, aquél que allende sus planos y dibujos, hizo de su vida una obra maestra.

EL ÁGUILA

I

LA arena venía fatigando las sucesivas olas desde hacía cierta cantidad de milenios, olas que viajaban ininterrumpidamente agitando abismos, roturando mares…

La luna entretanto vestía de espejo la inquietante superficie, allí donde el mundo acuático se derrama en la imperturbable orilla.

Ese ir y venir rítmico, impasible en esa otra noche inmensa, daba el tono y la cadencia de una oda magnética, como una letanía, arsis y thesis marítimo, del mar, maris, María, un canto interminable en mis oídos, las olas que rompen a mis pies; ese himenco me hablaba de otras lejanías, de otras atmósferas brumosas sin la humedad de la púber primavera, sin las luces vagas allá en la ensenada, que parecen no aproximarse nunca durante esta nocturna caminata. Como una puerta entreabierta hacia un mundo más onírico que real, donde el sueño y el ensueño se confunden, lo etéreo y lo corpóreo, aquellas luces se hacían una allá a lo lejos.

Dicho coloquio con el mar, donde mi interlocutor no era sino la música que éste producía bajo la cáscara perforada de estrellas, sabatiano cráneo, constituía en la noche avanzada el lugar más apropiado donde yo pudiera estar; el lugar más bello, íntimo, intenso. Sabido es que estamos siempre donde debemos estar, el sitio y momento certero para cumplir con nuestro cometido en la economía del universo.

II

A su vez, este paseo iba a constituir el último en ésta, la patria que dejé hace muchos años, previo a mi retorno a casa, a la patria que me adoptó, en Linz. Era plenamente consciente que durante ese mes de julio del 85 debí haber estado sentado al órgano de la Ignatiuskirche. Pero era indispensable que mi madre ya mayor estuviera durante todo ese tiempo pasado en compañía de su único hijo, este calvo y célibe compositor de Te Deums. Ni qué decir de mi gratitud al obispo, quien a mi solicitud dio muestra de su benedictina paciencia y generosidad para con su organista titular:

-Antonio, ¿cómo le voy a negar descansar unos días en su país? -sentenció esa mañana, tras su escritorio Renacimiento. Dele el gusto a su suplente de acariciar un poco las teclas del Christmann, mientras usted esté ausente.

Debo reconocer que de no haber sido así, no hubiera podido viajar, aprovechando del sedicente veranillo de San Juan; no hubiera podido ver acumularse las huellas tras de mí mientras en misteriosa comunión del alma seguía impregnándome de la salada brisa, como mecido por la imperturbable salmodia: Cæli enarrant gloriam Dei, et opera manuum ejus annuntiat firmamentum…

En efecto, en esa noche no tenía otro interés que llenar mis pulmones de mar y playa tan solitaria como yo mismo: encerrar en la valija de mi alma toda la naturaleza posible antes de la partida; caminar sin rumbo, un hábito adquirido durante mis largos años en tierras lejanas, desde aquella primera beca y mi posterior afición a conocer el entorno con un radio creciente. Así, instalada la madrugada y ya lejos del Fortín de Santa Rosa, mi vista se perdía en la concavidad celeste, sombrero de mis cavilaciones, y en las constelaciones, que vanamente buscaba aprehender bajo las luces y las sombras, en el decurso de un dialogo sin palabras con el Altísimo.

Algún crustáceo hundiéndose en la roca transmutada de mi sendero daba lugar a esporádicos juncos entre los cantos rodados, los moluscos y las algas; y los vestigios de nuestros placeres: cajillas de cigarrillos, botellas plásticas y el alquitrán negro y aceitoso de estos tiempos igualmente negros y aceitosos. El encuentro con un viejo, muy viejo morral como de mujer me llevó a levantarlo y abrirlo, y a no ver en él dentro sino papeles mudos por la tinta perdida, esparadrapos, horquillas y una redecilla, labiales y coloretes.

Imaginé que poco más allá se alzaba Atlántida, de la que circunstancialmente hace casi una vida solo llegué a conocer las luces de su centro comercial.

Enseguida me percaté que en todo mi trayecto nadie se cruzó en mi camino: ni paseantes, ni pescadores a la encandilada, ni parejas románticas que se protegen en las dunas, cuencos silenciosos. Nadie, nada. Y advertí que súbitamente el cielo se oscureció, tanto como mi estado de espíritu.

III

Un instante puede cambiar la vida, según se dice, aunque no estaba claro si aún la conservaba. De pronto, como un inerme objeto rodé, escabulléndome, succionado sobre la arena helada. Me pareció un tsunami. Como puedo, me incorporo, mein Herr und mein Gott, en tanto trato de despojarme del agua y la sal. El frío del mar me cala los huesos. No termino de entender. Levanto mis ojos del suelo, tosiendo. Ante mí un barranco, coronado por una densa vegetación en una playa angosta, qué angustia, y dominándola, la pétrea cabeza de un águila sobre la proa de una nave de cemento, según parece. Una *folie* arquitectónica ciertamente bastante atípica, buscaba racionalizar la situación.

Giro, busco a mi alrededor, miro hacia lo alto. Solo la soledad, en todos los sentidos y direcciones. Vuelvo a observar el inmenso cráneo. Encuentro luz en sus ojos, en sus ventanas. Mi corazón acusa ya un ritmo frenético. Busco calmarme. Nada de esto debiera estar pasando. Y es cuando con estupor presiento ser parte de una historia que me es ajena.

IV

Alguien pareció gritarme allá arriba. Hubiera querido no haber escuchado nunca esa voz. Pensé en no aventurarme en esta absurda aventura, pero ya no tenía vuelta atrás. Un deseo irrefrenable me llevaba a responder a ese llamado. Escalé lo escarpado y busqué serenarme. ¿Qué estrafalario pasaría su verano en un lugar como éste?

Propiedad Privada. No pasar.

El raído letrero parecía estar allí para ser desobedecido. Aunque el estado de lo que una vez fueron escaleras elegantes bordeadas por balaustres, jarrones y jardines propios de un *palazzo* veneciano, no parece indicar una presencia humana permanente en el lugar. Subo con precaución, pisando entre escombros, y encuentro más cartelería:

Peligro de derrumbe. No se acerque.

Ni que me lo dijeran. Esto es una pura ruina en medio de la densa noche. Vuelvo a escuchar la voz que sale de la fantasmagórica construcción. Su expresión turbada, como de desesperación, me invita a entrar. ¿Quién puede estar en un lugar como éste? Alguien que necesita de mi ayuda.

El grito angustioso de la mujer me llevaba hacia ella, a como dé lugar. Entré por una breve puerta, que estaba entornada frente a una oscuridad extraña. Bajé algunos escalones hasta penetrar como por el vientre del águila de piedra; tuve que respirar un olor fétido que me horadaba los huesos, tuve que caminar por un angosto corredor, catacombae, sepulchrum romanum, atravesando la penumbra, buscando, en fin, la luz tenue que se esbozaba al fondo del pasillo.

Mientras avanzaba, eludiendo las heces que alcanzaba a intuir aquí y allá, creí ver algunas puertas tapiadas a ambos lados del túnel mohoso y graffiteado. También otros espacios irregulares, como áreas de servicio diminutas, sepultadas en las sombras, una sensación de húmeda y grasienta decrepitud venida de largos años. La luz tenue se aproximaba al paso de mi marcha, y la oscuridad iba quedando a mis espaldas.

V

Paso a paso, mi pulso se aceleraba, como la perplejidad y confusión se arremolinaban en preguntas que no quería hacerme, porque ello me haría retornar al plano de la sensatez y la realidad o de lo que creo que es real, que ya no sé.

El pasillo me dejó en una sala no muy amplia, casi vacía de no ser por algunos bultos o artefactos, en un extremo. Frente a mí, una escalera es bañada por la luz mortecina proveniente de un piso superior.

La puerta por la que había entrado ya no era posible distinguirla. El silencio se hizo espeso, angustiante; dejé de oír el viento en los pinos y los árboles. Tampoco había mar rumoreando en el borde del espacio. Tieso, apreté en mis manos las gastadas cuentas de mi rosario. ¿Dónde todo? ¿Qué de mí?

Llegan ahora a mi mente pendiente de no sé qué hilo misterioso lejanos y tumultuosos compases de la Séptima Sinfonía de Beethoven. Creo entender tu mensaje: non timebis a timore nocturno, a sagitta volante in die, a peste perambulante in tenebris. La opción que me presentas pues es ascender los raídos peldaños en busca de mi inexorable destino.

- Más de prisa, meine Liebling, más de prisa, olvida la música. Quiero que gires con la velocidad de un trompo, ¿entiendes?

Procuro la mayor limpieza en mi fouetté de ya no sé cuántas vueltas. Respiro durante el esfuerzo, cuido mi eje, me concentro en el centro de mi cuerpo… el esfuerzo es gigantesco a esta altura.

-Quiero que gires con la velocidad con que se sucederá todo, ahora que Michelizzi terminó con su trabajo. Tomaremos contacto de un momento a otro con el U-530, que ahora debería estar en la entrada del Río de la Plata. Lo aguardamos con impaciencia, diablos. ¡La operación no puede fallar!

Ya no puedo más. En este espacio diminuto para la danza, en medio de aparatos, instrumentos y estos tres perversos que no dejan de beber y reír en forma estridente, me encuentro a punto de desfallecer.

-Sigue, Franciszka, sigue… Paga tu suerte de haberte traído hasta acá. Para algo te saqué de Auschwitz, hace un año y medio, cuando disparaste a Wilhelm Emmerich. Aquí estás para hacernos la espera un poco más placentera, en este puesto, ya prontos, gracias a los jefes de todos los Stützpunkt y en especial a Arnulf Fuhrmann y a Dalldorf, quienes pudieron dejar la ruta despejada, antes de ser apresados.

Se ríen, se burlan, me humillan. Las palabras burdas referidas a mi anatomía o bien a mi danza exangüe me impactan como otra bofetada de las tantas que he recibido desde los sucedidos en el Hotel Polski, hasta llegar a La Quimera.

VI

El Allegro con Brio está ya demasiado lejos pese a los escasos metros en que veo girar el disco. La púa lee la enérgica batuta de Furtwängler en la vertiginosa goma laca y yo la sigo, girando a una velocidad que se me ocurre la misma que la del artefacto, con mi inmaculado tutú y como lista para salir a escena en el rol de Odette, el precio de mi vida.

¿Hacia dónde irá mi suerte? ¿De qué forma podré escapar de este verdadero Sheol? He vertido en estas artes de toda mi existencia la esperanza, de la que ya poco me queda e, ironía del destino, pasado el tiempo sigo tan sola y perdida, junto a la sola música que insufla algo de vida a mi danza en puntas, a la espera ahora de la manifestación de la omnipotencia de D-os: justicia, justicia, mi vida, mis padres, mi pueblo. ¡Siquiera un poco de justicia, por todo el amor del mundo!

Heme aquí, a dos meses de la caída de Berlín oteando desde estas ventanas que otean el Río de la Plata a la espera de das Signal que Otto Wermuth está listo (¿para proseguir mi tormento dónde y por qué y para qué?) y lo peor: que trae a La Bestia a bordo. Qué paradoja encontrarme precisamente aquí, en el nido de la serpiente. Una verdadera quimera.

No atisbo a concebir sentido alguno a todo esto, mientras mi fouetté continúa, hasta el fin, quisiera yo, pegada mi sonrisa en el rostro; como elevándome de tanta sordidez acumulada en todos estos últimos meses. La realidad es la que gira a mi derredor, envolviéndome en una bruma de odio, caos e incertidumbre.

Y como por un extraño sortilegio, entro en mi baluarte, mi mundo dorado, aquellos días felices en la escuela Zygmunt Dabrowski, cuando llevaba mi dulce maravillosa juventud en el alma; cuando tenía la seguridad de un tibio hogar, cuando audicioné en Bruselas, te recuerdo Simon Lésmian, soñaba con ti cada noche mía…

Era un tiempo de paz, la vida nos sonreía, ebria, gozosa, era un tiempo de paz: al abrigo de tus brazos, de mis padres, mis padres que me encaminaron por los iluminados senderos de Terpsícore, mis padres… asesinados… Extrañamente el destino quiso encontrarnos a los tres reunidos en el Teatro Femina, la noche en que… fuimos… tomados… deportados… entramos en Belger-Belsen y ya nunca más… Simon… tu sueño y el mío… amada por el público, qué hermoso bouquet de rosas, ¡gracias, Monsieur! ¿Sabes? Escuché que desde Karsavina nadie hizo la variación del Primer Acto de Giselle como tú. Chapeau, ma chérie! Quisiera saber yo hasta dónde vas a llegar. Ya te veo iluminando las noches de Paris: la gran Première Etoile, la plus grande, como de las mejores que se recuerden… en la noche…. en que …en la oscura nube… en la mortaja… entraron en Belger-Belsen y ya nunca más volví a…

VII

Desde el piso escucho deformes risotadas, palabras obscenas. De la jungla de botas un taconeo decidido dirigiéndose hacia mí pisa y hace crujir los huesos carpianos de una de mis manos. Un dolor indescriptible con palabras.
- ¿El fin del espectáculo, meine Liebling?

La Séptima pareció que nunca hubiera resonado en esos escasos metros, la coreografía que hube improvisado se cercenó abruptamente, tan poca cosa que me evadía por solo instantes brevísimos bellísimos de esta pesadilla. Intentan levantarme, me sacuden, me golpean, tantos puños, brazos, duras botas, blasfemias, húmeda nube, insultos que no siento, que me siento masa informe de dolor y llanto, por parte de los tres oficiales que me hacen siquiera querer buscar, rojo, llaga, negro, como puedo, la soledad de mi habitación, procurando la escalera, y llegar a ver los rostros amarronados de mis padres amados. No sé de dónde me llega a la mente aquel salmo que repetía de niña:

לֹא־תִירָא מִפַּחַד לָיְלָה מֵחֵץ יָעוּף יוֹמָם

מִדֶּבֶר בָּאֹפֶל יַהֲלֹךְ מִקֶּטֶב יָשׁוּד צָהֳרָיִם

El puntapié certero que acabo de recibir me lleva a recorrer con igual vehemencia la escalera y cada uno de sus raídos lacerantes peldaños, frente al pasillo oscuro, y entre el blancor de mi tutú florecen rosas de intenso color, y mis huesos son agujas esparcidas por todo el cuerp…

-Es una pena, porque era una deliciosa ballerina y más bella mujer. Que no quede absolutamente nada de ella en la Base, ¿queda claro? Tírenla al mar.

EXAMEN

L A plaza nacida de entre las casas bajas, las dos sacras torres y la bandera bicolor del edificio principal, parecía desbordarse de botijas, chiquilines y chiquilinas que las recorrían en un sentido y en el otro. En el medio, el Artigas que más recuerda a Julio César entrando de las Galias, o acaso una fuente cantarina, rompía la llana monotonía o bien le ponía algo de frescor al denso verano norteño que no dejaba mover una hoja del suelo, ya entrada la noche. Algunos bancos distantes veían encontrarse labios adolescentes, mientras que el

Padre de la Patria o el acuoso surtidor de serpentinas, era testigo de esos furtivos contactos.

Recién sobre la medianoche la brisa comenzó a acariciar los pómulos, alto el argentino fruto, henchido el silencio solo rasgado por algún perro aburrido, o la garganta pastosa de aquella sombra perdida por el alcohol.

María Laura apagó la radio que transmitía "Dancing Queen", el éxito del momento. Había estudiado desde entrada la tarde. Del paquete de milanesas que le había llegado de sus padres por la ONDA, solo quedaban migajas. A su lado un mate frío dejaba ver algunas perdidas partículas vegetales flotando en la desolación.

A María Laura los párpados se le caían, entre tanta lectura y resúmenes. Por momentos deseaba salir volando de todo eso y abrazar aquellos otros universos entrañables, aquellas otras tierras que eran las suyas. El cupo en la Facultad a la que logró acceder solo por riguroso examen de ingreso hace ya un año, el implacable ritmo de estudio luego, y ahora frente a sí una lección delicadamente soporífica en una Montevideo aún despierta, la hacían proyectarse a su ciudad-pueblo pequeña y perdida, envuelta en la lejana campiña de pastos secos; la ubicaba en aquella plaza llena de algarabía, de amigos que no quisieron o pudieron ir a la capital persiguiendo sueños, el bronce referencial, la fuente de luces, pájaro danzante que proyecta al firmamento agua de diversos colores, todo lo cual recreaba minuciosamente.

Enseguida, los libros gruesos y vencidos le increparon su dispersión momentánea, mientras que su sueño y ensueño se resistían, a pocas horas del examen, allí, encerrada entre esos viejos muros de la pensión.

Mientras sus dos amigas dormían en la otra habitación, ella llegaba al punto de querer dejarlo -o tirarlo- todo e irse lejos, a fin de recuperar familia y afectos. Y de nuevo le volvía la imagen: la paz espaciosa y profunda, los grillos que ambientaban la ciudad-pueblo girando a la plaza; la distancia intangible entre ese universo sencillo y espontáneo, y la ciencia aséptica como un bisturí pronto para la incisión, sin alma ni emoción. Era un deseo ya al borde de sus fuerzas, un deseo en medio de un cansancio goteante, aguachento.

Abatida, por poco adormecida, acostada sobre sus papeles impresos y escritos, allende las voces

ajenas de la ciudad ajena, añorando tan solo
confundirse en la gente (¿cómo ella?), ponía el
máximo esfuerzo buscando retener de una vez los
diversos aspectos de la esteatosis hepática
microvesicular que se conoce como Síndrome de
Reye, un tema al cual se afanaba en darle supremo
interés en pleno y sudoroso febrero.[1]

---

1 Se ha debatido en los círculos académicos de los cinco
continentes el emplazamiento geográfico del comienzo de
este relato. Si bien se presentan datos de su ubicación
temporal, fehacientemente el verano de 1977, habida cuenta
de la referencia al *tube* "Dancing Queen" del grupo sueco
ABBA publicado meses antes, del escenario escogido para el
comienzo de la narración, el autor ofrece trazos imprecisos,
buscando sin duda la descripción a partir de la generalidad.
¿Cuál es la razón de esta presentación deliberadamente
ambigua? El profesor Dr. Günter Liebermann, catedrático en
Letras Hispánicas de Johannes Gutenberg-Universität Mainz,
la Universidad de Maguncia, analizando el universo
diegético de esta narración en su ponencia *Rodó, Onetti und die
Ausläufer der Moderne in der uruguayischen Literatur* (Die
Universitat; 2. Aufl edition, 1999), concluye que en la
aglomeración urbana de marras están "todas y a la vez
ninguna de las ciudades del interior uruguayo. Allí está el
símbolo de la *orientalidad* por antonomasia: el monumento
ecuestre al héroe máximo del país, seguramente reproducido
del Artigas de Angelo Zanelli" (páginas 329 y ss.). Y añade
luego que esta historia concierne a los jóvenes de todo el
Uruguay y no solo a los que habitan en su región
septentrional, por cuanto "el norte es el que da sentido a las
brújulas; es el norte entendido como *terra incognita*, pero
también es el de la lejanía, a la manera de Rulfo" (N. del E.).

TARTARIA MAGNA,
EL REINO DEL GRAN KHAN
O EL IMPERIO PERDIDO

I

AQuella tarde, los dados rodaban displicentes sobre la rala superficie del tablero. Una bandeja de scones semivacía y un par de tazas de humeante té Earl Grey, acompañaban la partida, mientras la Novena de Bruckner y sus geometrías de catedral salían del artefacto de más allá. Por alguna razón estaba en un rincón el otro combate, el de las rígidas piezas que entonces no hacían sino mirarse desafiantes:

el íntimo rey al abrigo del caballo esquivo y el anguloso alfil que se baten en dos colores desde el fondo de la historia conocida. Sí, en ese fresco domingo de otoño mi esposa y yo habíamos optado por una lidia alternativa y no tan erudita, a la sazón muy común en las dos márgenes del Plata, un juego de mesa en el cual los ejércitos de colores se deben confrontar una y otra vez a fin de conquistar el planisferio, una metáfora más podrá pensarse, del sueño humano a lo largo de su peripecia por los siglos, o quizá milenios de surcar el fango y los mares. Llevaba por nombre -y lleva aún, hasta donde yo sé- la sigla de lo que parece ser el título de un tratado sobre el arte de la guerra más salido de la mente del mismísimo Sun Tzu que de los tiempos que corren: T.E.G. (Técnica y Estrategia de Guerra).

El diseño gráfico prestado de la cartografía del siglo XVI o acaso del XVII, incluía algunos de los modernos países sudamericanos, distopías necesarias al concepto del juego. Sin embargo, su peculiaridad no residía tanto en el encanto de lo antiguo con sus imágenes no exentas de amenazantes monstruos marinos o soles ofuscados; antes bien, en la examinación del continente asiático el cual dejaba ver en sus vastas extensiones y entre algunos de los países bien conocidos como Malasia, China, India, Turquía, algunas regiones históricas también presentadas como "países", esto es: como estados de derecho. Así, Aral, el fantasmagórico mar en la frontera de Kazakstán y Uzbekistán; la península de Taimir, en el norte de Siberia; el desierto de Gobi que divide China y Mongolia; o la inestable y fría península de Kamchatka, al este de Rusia, entre el mar de Bering y el mar de Ojotsk. ¿Contuvieron acaso en su perímetro hombres y mujeres que despertaban de la helada noche, que encendían sus fuegos, que acunaban infantes ateridos y sueños idos? ¿Serían, en fin, verdaderos países con sus leyes duras, sus popes barbados y su música mecida por las balalaikas y el alcohol de alta gradación, esos países de los que nunca tuve noticia? Taza en mano, en mi turno de juego, prestaba atención particularmente a uno de esos sitios enigmáticos, en ese momento rodeado de unidades militares enemigas: "Tartaria", un nombre que por alguna razón venida no tanto de lejanas aulas como de mi voracidad lectora, resonaba en mi memoria.

II

No pude resistirlo. Esa misma noche la lámpara de mi escritorio echó luz sobre las páginas de cuanto tenía a mi disposición; constaté asombrado que ni los diccionarios de la época ni los tratados de historia de uso corriente brindaban referencia alguna a una nación independiente con esa denominación. Más aún: cuando desempolvé el volumen 20 del *Diccionario Enciclopédico Hispano-Americano de Literatura, Ciencias y Artes* (1887-1899, reedición de 1910 con apéndices, Montaner y Simón Editores, Barcelona) pude leer, y cito textual de su página 332: "Tartaria (Pequeña): *Geog. ant.* Nombre que se dio al territorio en que dominaron los janes de Crimea, porque éstos procedían de la familia de Gengis-Jan y eran verdaderos tatars ó tártaros", etcétera. Es decir: nada de información sobre el "país" Tartaria.

La semana que siguió a esa primera partida en nuestro nuevo juego de mesa, a sus recreados ataques de cañón en la llanura sangrienta o bajo inflados velámenes, el nombre "Tartaria" volvía una y otra vez a mi cabeza como un mantra obstinado. Ese martes, llamé a Durazno en procura de los comentarios de Oscar sobre el tema, pero estaba en un congreso, fuera del país; el jueves me crucé a la altura de Sarandí y Bacacay con Clarisa, quien se apresuraba a tomar un ómnibus rumbo al Instituto de Profesores Artigas. "Es el nombre antiguo de un vasto territorio asiático", me aseguró, y luego prometió ante mi insistencia, que consultaría personalmente a Pivel sobre el asunto.

Por esos días trabajaba sobre un par de folios en pergamino recibidos en homenaje tras un concierto con mi coro. Sus eventuales vínculos con la lejana práctica del canto gregoriano en las misiones jesuíticas del Paraguay ocupaban el tiempo remanente al que corresponde a mis obligaciones de estado. No obstante, el indudable interés que me despertaba el tema -el documento parecía una copia muy cuidada de un antiguo cantoral impreso tal vez en el siglo XVI- el proyecto no me hacía olvidar aquel enigmático nombre, en la intuición de algo más que me era entonces ajeno.

III

El lunes siguiente visité la librería Oriente-Occidente de la calle Cerrito. Ante mi requerimiento, Gabriel Young me hizo esperar frente al mostrador luego de decirme: "Merello, tengo algo que puede darle respuesta a su consulta, y sepa que lo que le voy a presentar casi es como el tesoro de las Masilotti". Volvió con tres gruesos volúmenes, no sin antes agregar insatisfecho: "Qué digo, señor; de manera precisa, éstos realmente, son como las joyas de la Corona".

Quedé absorto: se trataba de la primera edición completa de la *Encyclopædia Britannica or a Dictionary of Arts and Sciences,* editada en Edimburgo en 1771. Sí, las dos mil seiscientas setenta páginas de ese monumento de la cultura universal estaban frente a mí, esperando serme útiles. Me abalancé sobre su volumen tercero, leyendo en la página 887 en mi inglés rudimentario: *TARTARY, a vast country in the northern parts of Asia, bounded by Siberia on the north and west: this is called Great Tartary. The Tartars who lie south of Moscovy and Siberia, are those of Astracan, Circassia and Dagistan, situated north west of the Caspian sea"* y seguía. Estaba claro: El territorio del juego de caja refería en efecto a un país, un país que ya nadie parecía recordar en los libros. Dejé presuroso a Young y su tesoro, no sin antes agradecerle efusivamente por haberme permitido la consulta a esa fuente documental. La noche me había sorprendido y afuera una lluvia obstinada duplicaba a ras de suelo la arquitectura francesa de la Ciudad Vieja en medio del viento y de los ómnibus Leyland. Ya tenía la punta del hilo de Ariadna.

Durante mi retorno reflexionaba sobre la precisión aséptica del artículo, y que a la *Encyclopædia Britannica* es dable otorgarle como mínimo una presunción de confiabilidad. Pensaba: *country* no es *territory*; no equivale a la voz *pays* de la lengua de los francos. Se hablaba allí de una nación, una nación que ocupaba un tiempo y un espacio ya a fines del siglo XVIII, una nación que nadie dos siglos después parecía recordar. No era, por tanto, otro mundo ilusorio creado por ninguna sociedad secreta; no estaba allí Georges Berckley ni Herbert Ashe para imaginarlo. Tartaria existió y pareció haber sido un enorme país, uno de los más grandes de su época.

IV

Pasó el tiempo y concluidos ya los trabajos sobre los restos de mi códice, pude finalmente echar mano a ficheros y atlas de aquí y de allá, y recorrer índices de páginas con el color del otoño; pude sentarme en mesas largas y macizas en medio de antiguas maderas y volúmenes; gastar escaleras, caminar por pisos de lustroso damero bajo claraboyas oxidadas de innumerables bibliotecas en búsqueda de los presuntos dominios del legendario Gengis-Khan. Supe entonces que Tartaria abarcaba "la mitad de Asia" y que "antes era conocido como Escitia", que limitaba al oeste con la región del Volga, por el sur con la China y la India, y que "era bañado por el mar Caspio y por el mar de Bering"; luego, gracias al *Standard Atlas of the world* (1865) editado en New York por Schönberg and Company, conocí la bandera de Tartaria con su hipogrifo de sable sobre campo dorado, y también su blasón de oro con el búho de sable. Este hecho no me extrañó, habida cuenta que como es sabido, "tártaro" representa para la mitología griega tanto una deidad primordial -junto con Caos, Gea y Eros- como un lugar situado en la región más profunda de la tierra, mucho más abajo que el Hades, un lugar cuya sola mención hace estremecer a quien canta o aún escucha el ofertorio gregoriano de la misa de *Requiem*. Incluso en la tradición órfica y en las escuelas de misterio es asimismo lo primero en existir antes que la luz, es decir, antes que el universo mundo.

Me informé que cuando Occidente se aproximó a Oriente a través de la "ruta de la seda", fue ahí que se empezó a hablar de los "tártaros" para referirse no solamente a los mongoles y yakutos, sino también a todos quienes habitaban en Oriente y que más tarde, en el siglo XIII, tras los ataques de Batu-Khan -un nieto del Gengis-Khan- a Europa, aquellos fueron vistos como guerreros malvados, feroces como demonios. Y como "tártaro", tal como se ha dicho, expresaba tradicionalmente el abismo del inframundo, no ha de extrañar que entonces en Occidente se pensara que en esa comarca extraña, peligrosa y salvaje vivían personajes apocalípticos como Gog y Magog.

En *Ystoria Mongalorum quos nos Tartaros appellamus*, verbigracia, su autor fray Giovanni da Pian del Carpine (a la sazón, enviado en misión diplomática por Gregorio IX a hacer la paz con el Khan mongol, al que denominaba "el rey tártaro") afirma haber visto cinocéfalos, personas con "la cabeza de hecho como hombres, pero el rostro como perros" y "pies como los de un buey", etcétera. Es evidente que esto tendría por objeto no contradecir la opinión general que se tenía de Tartaria, la cual fue replicada por los autores posteriores y aún los científicos que se refirieron a esa antigua entidad nacional, sin negar siquiera una coma de cuanto se sostenía de ella.[2]

----

2 Esta unanimidad sobre el universo tártaro configuraba el encuadre de la mismísima realidad sobre el asunto venida de los testimonios de los viajeros. Sin embargo, no ha de confundirse esta *realidad*, capaz de percibirse valiéndose de los sentidos, de *lo real*, esto es, lo que hace a la naturaleza misma de las cosas *strictu sensu*, ambos elementos contrastados desde la época de Kant. En un sentido similar fue Jacques Lacan, cuando afirmó que lo real es el elemento

Poco después, el azar o la Providencia me llevaron a encontrar en la Biblioteca Cervantina que perteneciera a Arturo Xalambrí algunos volúmenes de la abultada *Encyclopédie Métodique* (1788) heredera de aquella (célebre) de Diderot, y cuánto no fue mi asombro al descubrir allí el tomo 3 de la sección "Geografía", y a volver a leer en su página 347 la referencia al "vasto país que los antiguos llamaban Escitia" en un largo artículo en el que el autor, Nicolas Desmarest, un geógrafo también experto en quesos y volcanes, se extiende diciendo que ese país se divide en tres grandes partes, a saber: la Tartaria china, la Tartaria rusa y la Tartaria independiente, y añade la existencia de la Pequeña Crimea que "es el antiguo Quersoneso Táurico, célebre antaño por el comercio con los griegos…" y de la Pequeña Tartaria, "una

---

constitutivo sobre el que se basa la realidad. Acota Dhartorius: "Si sostenemos que lo real es el elemento básico de la realidad, entonces no deja de ser tu percepción lo que es real." Y agrega: "Estoy de acuerdo en que las cosas que vemos, que palpamos son reales". En esa misma línea de pensamiento se impone aceptar como reales una pantera rosada, un pato o un ratón que hablan e interactúan entre sí, el animal soñado por Kafka (*Hochzeitsvorbereitungen auf dem Lande*, 1953), o incluso que una noche el Padre Mc Kenzie en el silencio de un oscuro presbiterio de Liverpool zurcía efectivamente sus calcetines, poco antes acaso del enterramiento de una pordiosera de nombre Eleanor Rigby.

provincia tributaria de Turquía y que está situada al norte del Ponto Euxino." Luego explica a sus lectores que es menester distinguir la "Pequeña Tartaria" de la "Gran Tartaria" de Asia, remitiéndoles finalmente a la obra del holandés Nicolaes Witsen traducida como *Relation de la grande Tartarie,* originalmente *Noord en Oost Tartarye* (Ámsterdam, 1692).

¿Esa Tartaria es el "país" que formaba parte de Rusia desde 1552, cuando Iván el Terrible conquistó el Kanato de Kazán? ¿Es Tartaristán (o en tártaro: Татарстан Республикасы), hasta hace algunos años la República Socialista Soviética Autónoma Tártara, el resto de ese poderoso imperio, lo que parece sugerir el animal fantástico de su blasón o incluso el de su capital? Muchas preguntas bullían en mi cabeza, y ninguna sin una respuesta satisfactoria.

V

El tiempo entre estos sucedidos y la hora actual se dilató en la perplejidad. Me costaba aceptar que un país se confundiese con otro, esto es, que el Gran Khan fuera el "rey tártaro", que el Imperio Mongol "nosotros lo llamemos Tartaria", como procuraba enseñarnos fray Giovanni, o que Escitia era el nombre antiguo del vasto territorio luego conocido como Tartaria. Sobre todo, me era difícil aceptar que una superpotencia *tout court* aún en el siglo XVIII, un país con su capital, con su lengua propia, su cultura y sus símbolos identitarios, se haya desvanecido sin dejar rastros.

Ese día disponía de media hora antes de recibir a mis cantores, por lo cual me dirigí al Café Brasilero, donde tuve suerte de encontrar una mesa que se acababa de desocupar frente a la calle Ituzaingó. Enseguida, me apresuré a pedir un café en tanto revisaba mis apuntes sobre el códice gregoriano, esto es, las estribaciones de la Contrarreforma de Trento en las rojizas tierras guaraníes. Por un momento entonces olvidé las lejanas estepas, los nombres trasliterados del cirílico, el búho y el hipogrifo, y ya con las últimas luces diurnas, me dejé llevar por las páginas que referían al enclave reduccional jesuítico; por la evocación del formidable experimento civilizatorio que involucró a amerindios y europeos, casi en las antípodas geográficas de aquel imperio perdido, en una mezcla insólita que puso a punto en cada reducción un entramado social, político y económico que evidenciaba un alto nivel de desarrollo humano.

Y fue precisamente en ese instante que entendí, mientras daba fin a mi café, que pese a que ese ordenamiento jurídico era el de un Estado moderno -la "República jesuítica" a la que refería Voltaire-, lo que la Compañía de Jesús consolidó en *Paraquaria* entre 1608 y 1767, lejos estaba de esa fantástica interpretación; antes bien, se trataba de la consolidación de la utopía cristiana en la selva latinoamericana: el plan basado en el Evangelio de establecer el Reino de Dios en la Tierra, todo lo cual, para los jesuitas fue suprimido -literalmente- de un plumazo cuando Carlos III terminó de signar su Pragmática Sanción, por la que se resolvió, como es bien sabido, expulsarlos de todos los dominios de la Corona española.

A minutos de mi clase, diapasón en mano, terminé de aceptar entonces que acaso el imperio tártaro venido del legendario Khan y devenido el imperio de los zares, tuvo también otro final abrupto cuando la balas ordenadas por el pérfido Yákov Yurovski traspasaron los cuerpos de Nikolái Aleksándrovich Románov y de toda su familia en la madrugada gélida de aquel 17 de julio de 1918. Terminé de aceptar que la semántica no es una ciencia exacta, y que hay imágenes como la isla que soñó Tomás Moro que muchas veces pertenecen al inconsciente colectivo. Lo cual, por una razón aguzadamente criptomnésica, llevaría a justificar en Tartaria, un lugar en la tierra para Gog y Magog.

Montevideo, mayo de 1995

POSDATA: Las vicisitudes de la vida que involucran labores y lugares, hicieron transcurrir por linfa y almanaque casi cinco largos lustros. En ellos, reconozco que Tartaria quedó dormida entre mis papeles. Al menos, hasta la semana pasada, cuando mi esposa me señaló una publicación donde se alude a ese imperio perdido con palabras de encomio, similares a las de Platón cuando evocaba la Atlántida. "Parece ser que es un prestigioso académico ruso quien se refiere al tema con evidencia científica", me anticipó.

En este mundo de tantas verdades a medias y *post-verdades* extrañas o descaradamente escandalosas, sostener que en una "nueva cronología" tal como la llama Anatoly Fomenko, Tartaria cumplió un rol destacado, por decir poco, en el relato de la historia, me resulta francamente temerario, aunque no estoy en condiciones de afirmarlo o de negarlo en este momento. ¿Fue su desaparición el producto de un plan premeditado? De eso referiría un documento de la CIA redactado en 1957 y recientemente desclasificado, por aquello bien sabido de "quien controla el pasado controlará el futuro."

Caía la tarde del sábado cuando cruzábamos la Maine por el Pont de Verdun rebozante de flores, verdadero espectáculo para los sentidos enmarcando el enhiesto bronce de Beaurepaire. Frente al castillo de macizas torres, sobre el césped de un verde intenso, aquí y allá se veían grupos de jóvenes, cerveza en mano los más, conectados a las "redes sociales" en sus móviles, mientras que sobre la colina la catedral Saint-Maurice refulgía al sol. Hacía un rato que habían dado las 22 horas, hora oficial de verano. Bromeamos pensando que en cualquier momento podría surgir de cualquier esquina el mismísimo Rey René rodeado de sus caballeros y estandartes, mientras proseguíamos nuestra marcha rumbo a la Ciudad Medieval.

Juliomagus, agosto de 2019

BREVE RELACIÓN
SOBRE LA DESAPERCIBIDA MUERTE
DE UN SOLDADO EN TUYUTÍ

Como los demás, estaba a la espera de instrucciones. Sería ya media mañana de ese 24 de mayo de 1866. Allá a lo lejos, entre los palmares vio un tumultuoso movimiento, pero a ojo desnudo, loma de por medio, nada más que eso podía distinguir. El sudor y su chaqueta roja ya eran una sola cosa.

Recuerda cuando recibió la convocatoria de parte del Mariscal. "Precisamos de todos", dijo. "La Patria está en peligro". Entonces, se despidió de su mujer con un beso en la frente y después de sus tres hijas de tres, seis y cinco años. El abrazo fue apretado, interminable. "Tanderovasá" se escuchó decir, antes de abandonar el rancho asunceño. El día no había aún clareado cuando con su vetusto fusil de chispa y su machete a la cintura se hizo a la marcha, con la certeza de hacer lo que correspondía hacer. Nada más, ni tampoco nada menos.

No era la primera vez que la Patria se encontraba bajo la misma amenaza. Taita guasú, el padre de su padre se había batido a la orden de Andresito. Y tras la selva, en los tiempos de los pa'is, cuando los *bandeirantes* incursionaban una y otra vez en la región, sus antepasados estuvieron en servicio, con las lanzas afiladas, dispuestos a darlo todo por defender lo propio, que es precisamente lo que hace de algunas guerras, según escuchó de sus superiores, "no sin pena, guerras legítimas", aun cuando "la guerra nunca es cosa buena". Así que esta circunstancia en la que se encontraba no era historia nueva, antes bien, apenas la rememoración de otra tan antigua como luctuosa.

Ahí estaba, apostado en uno de los dos batallones puestos bajo la orden del General Resquín, mientras dejaba pasar el imperioso tiempo espantando moscas y mangangaes. La noche había sido quieta y felizmente fresca, pero presintió en ese frescor el frío de la muerte, o peor aún, el presagio de una jornada nefasta para todos. Más allá de las tiendas de los oficiales alcanzó a adivinar la figura de Madame Lynch aquí y allá, departiendo con unos y con otros. "Tiene el magnetismo de su marido", pensó. Algunos diálogos horadaban el silencio como ansiosa bayoneta.

Los primeros intercambios de fuego tuvieron lugar sobre el mediodía. El sol ya estaba fuerte. La misión dispuesta era cruzar el estero Bellaco norte primero por el paso Yatayty Corá. La tierra de nadie, esos dilatados potreros apenas interrumpidos por pequeños bosques de arbustos achaparrados y palmares, seguramente habría que atravesarla bajo el fuego enemigo, pensó. Se dio la orden de avanzar. El soldado apagó su cigarro, sorbió tres veces el mate ya lavado y frío, y al son del clarín inició la marcha.

Recordó a su kuña, a sus hijas pequeñas, en tanto se adentraba con dificultad en medio del estero antes de cruzar el paso Leguizamón. Más allá, ocho regimientos de caballería se hacían camino rumbo a las posiciones enemigas, cuya artillería ya había comenzado a arremeter, con su sesgada lluvia de muerte. Entendió entonces que empezaba su combate, y que la suerte estaba echada.

Ore Ru, yvágape reiméva,
toñembojeroviákena nde réra,
ta ore añuãmba ne mborayhu…

Y efectivamente tuvo suerte. Imbuido en la plegaria, como queriendo exorcizar el estruendo del fuego y del cañón, con el corazón caliente encontró su destino cuando dos disparos le atravesaron el pecho. "Muero por la Patria", alcanzó a decir entre borbotones de sangre, antes de fijar la mirada al Cielo.

Postrado desde entonces tras infinidad de sufrimientos, este añoso escribiente es quien deja por escrito estos sucedidos, una vez más padeciendo mientras escribe y con obstinada claridad, el horror de esas casi cinco horas dantescas de la primera de Tuyutí.

Agradezco a Tupã Ñandejára la fortuna de poder registrar para la posteridad las últimas horas de ese soldado, de ese héroe, un mártir como los que

se cuentan miles, un mártir de quien nunca supe
su nombre.

97

SUITE DE BACH

PRELUDIO

*U*Na vez más, la medianoche lo recibe en su seno como hijo pródigo. Resopla, golpea apenas la partitura con la punta del arco combado; toma aire y recomienza, dejándose llevar por los arpegios en *legato* de la música, como el marino que navega por un mar apacible. Desde la ventana, la reina de la noche se encuentra a punto de florecer, bajo un azulado cesto con su miríada de guiñadas y su luna resplandeciente, cuya contemplación le reconforta a la vez que le da una certeza indudable. Sabía que al otro día, a primera hora, volvería a reencontrarse con esos ojos de mar y ese cabello cobreado, acaso en el extremo del aula; que al otro día la estaría admirando. Ello constituía una perspectiva sumamente esperanzadora, habida cuenta que desde el año anterior, cuando se instaló solo en esa casa alquilada de balcones y puertas largas, pasando por sus horas dilatadas en el conservatorio estatal, o incluso esa pasión por la fotografía analógica (su rutina), la intromisión en su vida privada de toda presencia femenina se había transformado en una suerte de objetivo inabordable.

Sigue mirando el vacío, suspira, como queriéndose sacar de encima todo el cansancio del día. Bakú, el gato siamés, enrollado a su lado duerme plácidamente. Que no corriera siquiera una desgraciada brisa en esa noche de mediados de diciembre parece no contrariarle en lo más mínimo. Luminoso acorde sobre la tónica, sol mayor.

ALLEMANDA

Imbuido de Bach, se ve en un salón distinguido, frente a ventanales llenos de luz, donde parejas galantes se miran y sonríen. Todos reproducen en sus pasos lo que Amadeo liga en cada arcada. Cada grupo de notas es como una caricia en el alma, que amolda su espíritu a estadios eléctricamente más propicios. De tanto en tanto, deja el instrumento y anota algo en algún lugar de la hoja. Luego sigue.

El engranaje del reloj de la sala marca su pulso inexorable, dejando en su marcha una larga hilera de minutos definitivamente muertos. Tras ellos, se volvería a encontrar una vez más con la *demoiselle* de los ojos de mar y cabellos de metal, un metal forjado como en el sol, cuando la cosecha está a punto. Pese a la diferencia de edad de probablemente una década, casi desde el comienzo del curso, esa compañera de la Alianza Francesa se había ganado en justo derecho un sitio en su universo cotidiano; su imagen era omnipresente y eso no sé exactamente si era lo que él quería; si deseaba o no romper con su vida estructurada al milímetro. La correspondencia de miradas como de adolescentes, o mejor: como un casi cuarentón y una nena de mamá guardada entre algodones, debería comenzar a encontrar su dilucidación, antes del examen, pensaba con razón, y eso le perturbaba o le esperanzaba.

Bach continúa desgranando su allemanda, el violoncello impone su presencia y recorre cada uno de los centímetros cuadrados de la habitación, uno a uno, poderoso, íntimo; su apremiante textura conmueve el tenue espacio frente a la claraboya. Amadeo toma su bolígrafo y anota algo más que nunca supe qué; luego limpia con una franela las cuerdas del instrumento y la vara de su arco, y se acuesta. Al día siguiente una vez más Angélica estaría allí. Un café en "Sucré Salé" podría ser acaso el punto de partida de una conversación demorada, de un encuentro más laxo.

La oscuridad ambienta la evocación, mientras el sueño lo vence y en el ambiente queda resonando de una manera misteriosa, la última nota de la pieza, esquiva y gentil.

COURANTE

- « Hergé (1907-1983), le créateur de Tintin, et Osamu Tezuka (1928-1989), le père du manga moderne, ont révolutionné le monde de la BD. Vous les connaissez ?» Lisez la suite et, puis répondez aux questions.

Amadeo siempre mantuvo la primera fila desde que dejó los estudios formales. Sin contar su (perdido) año en Humanidades, cuando en busca de una licenciatura en Historia, seducido por seléucidas, sumerios y elamitas, se sentaba en donde podía, incluyendo el piso en damero de la añosa facultad.

- « Au Japon, les mangas ne coûtent pas cher. » Vrai ou faux?

Alguien tenía la palabra allá al fondo. Se da vuelta. Era la voz de Estela. Los ojos de mar lo esperaban en algún lugar del itinerario.

- C'est vrai. On peut lire : « Et on peut en acheter pour presque rien à la rue. »

Amadeo podía haber respondido. Pero le sedujo la posibilidad de cruzarse con esa mirada y zambullirse en ella.

- Voilà. Et la suite. Messieurs-dames, c'est tout pour aujourd'hui. Bonne journée à tous, et à la prochaine !
- A la prochaine !
- A la prochaine !
- A la prochaine !

Murmullos, agradecimientos, ruido de bancos, ruido de aula. Presentía que ese sábado viviría el preámbulo de algo nuevo, que haría de su vida una existencia más colmada. El bulevar Artigas bañaba de luz la sala que se vaciaba lentamente; un brillo sobreexpuesto de verano naciente en el espacio matinal encuadraba a la perfección ese sentimiento como de euforia contenida.

Conversando entre sí, el pequeño grupo de alumnos iba lentamente desalojando la casona. Menuda cuan ella, Angélica en silencio pasó por delante suyo rumbo a la parada del 121, no sin antes insinuarle un tímido saludo. Amadeo la siguió con la mirada. Recordó entonces el momento de la sorprendente separación con su entonces prometida, hace poco más de dos años, cuando a semanas de celebrarse su boda, fue dejado a un costado en favor del hijo de un estanciero de Tacuarembó. A menudo, 10.000 hectáreas con buen índice CONEAT[3] pueden -

---

3 El índice del que se vale desde 1968 la Comisión Nacional para la Investigación Agronómica del Estado de la República Oriental del Uruguay para medir la productividad de los suelos. Antiguamente, la calidad de las tierras tenía relación tanto con su proximidad de las corrientes fluviales o los centros poblados, con su altura con relación al mar, o también con el peso expresado en onzas de las calabazas que se pueden cosechar en las mismas. A propósito de lo cual podría

aunque parezca esto poco verosímil- terminar con un proyecto de vida en pareja. Sobre todo, si el protagonista de la historia no es más que un músico de conservatorio, poco importa si ilustre apellido habiente.

Y enseguida recordó sus épocas felices, cuando nada de aquello que acaba de decirse había pasado aún por sus retinas y sus ventrículos. Allí era un buen lugar para quedarse, allí lo llevaba Angélica en su fémino *allure* como de porcelana china.

SARABANDA

Finalmente, porque cada cosa tiene su momento según se dice y se sabe, llegaron a encontrarse solos, *tête à tête*, en la terraza de un fino restaurante de Pocitos, solos, en la terraza frente a la Rambla de Pocitos.

-Por esa época, cuando el Viejo cumplía funciones diplomáticas en la Embajada de Buenos Aires,

---

agregarse lo dificultoso que resultaba el traslado de estos pepónides en los tiempos medievales, cuando se imponía el tributo de las acémilas, esto es, *casus belli*, el pago en mulas o animales de tiro como forma de coadyuvar, nobleza obliga, a las (frecuentes) campañas militares en las que el señor del lugar se veía involucrado.

conocí en una recepción a Borges. Yo no tenía aún veinte años cumplidos y ahí estaba, de casualidad, aprovechando de mi viaje por una *masterclass* que ofrecía André Navarra. Por entonces, no dejaba de hablarse de *El libro de arena*. ¿Lo leíste?

Un par de ojos de mar magnetizados como por la esférica y radiante luna de esa noche.

- Recuerdo que ya tenía mi Leica R, un aparato réflex que aún funciona perfectamente, y con el que realicé excelentes registros: Recoleta, Palermo, San Telmo…
- Buenos Aires es una ciudad maravillosa.
- Al punto tal que para Malraux es "la capital de un enorme imperio que nunca existió". Basta caminar por la avenida Alvear para entender razones.

Llegados los postres, la virazón traía un frescor salado que ponía una leve pausa en dos comensales que se miraban, se buscaban, se interrogaban. Amadeo da lumbre a un cigarrillo mientras los labios de intenso *rouge* de Angélica sorben con parsimonia el merlot de la copa. Como la lenta sarabanda, en ella el arrobo y la impaciencia, en él la *courtoisie* bien dispuesta a ir más allá de los sentidos, dos siluetas queriéndose decir todo en medio de los silencios, el inesperado pasaje de una motocicleta o el que vende un *bouquet* de flores.

-La diferencia de temperatura incide en el tiempo de inmersión, en una relación de proporcionalidad inversa: a menos temperatura, más tiempo. Eso en cuanto a la hidroquinona. Los otros baños, ácido acético glacial al 10% y el hiposulfito de sodio también diluido, se trabajan a temperatura ambiente.
- Debe ser un *hobby* muy lindo.
-No te imaginas. Es como cuando uno estudia su particella en su casa, y nada le dice, hasta que en el ensayo con orquesta, todo cobra sentido: ¡la imagen que tenía *in mente* el compositor se hace nítida! Así, las imágenes en el cuarto oscuro aparecen como las estrellas en el cielo abierto, hasta dejarnos absortos: Las sales de plata se queman al ser expuestas al haz lumínico, y en un proceso de oxidación-reducción, se hace visible la modificación ejercida por la luz…

Una octava, la distancia entre dos notas que suenan igual, pero diferentes, si se acepta la paradoja.

MINUET

Nunca más se encontraron en un coloquio emotivo. Pienso que resulta lógico, analizando los sucedidos. Lo hubiera querido él, tan poco hábil para manejarse en el mundo de los mortales, pese a su juventud perdida. Y Angélica, esa chica cuidada entre algodones, sin duda que también. Evocaba aquella noche de enero, cuando entre curiosa y fascinada -ambas cosas van generalmente unidas- estuvo encantada de conocer un poco más de ese desconcertante compañero de la Alianza de trazos distinguidos, de quien no hace mucho solo sabía que daba clases de violoncello en la Escuela Municipal y que vivía con su gato siamés, perturbando silencios y acumulando semicorcheas, en tanto durante sus noches aburridas hacía aparecer imágenes en blanco y negro de entre sus soluciones humeantes.

Sí; en marcha desde la avenida 8 de Octubre y Larravide a su apartamento, mientras pasaba con desdén las páginas de una revista del corazón, lo recordaba como quien recuerda una querencia perdida, esto es: con la casi certidumbre de haber dejado por el camino a quien nunca más volvería a encontrar. Sin embargo, ¿qué buscaba la retórica algo vanidosa de Amadeo que no fuera cautivarla, como un tigre a su presa indefensa, subyugante como la textura aterciopelada de su instrumento, cuando es ejecutado de manera conveniente?

Se iluminaron sus ojos pensando que podrían estar bailando esa misma noche en algún sitio propicio, miradas y manos enlazadas, pendientes el uno al otro, como una pareja antigua dibujando un minuet sobre las maderas lustradas; pero la realidad es que su llamada telefónica nunca llegó, y por cierto, ella tampoco nunca la hizo, conforme a su educación recibida, a su empecinada timidez o a ambas cosas.

Mientras, la tarde se extinguía con sus púrpuras de lágrimas.

GIGA

Creo entender la decisión de Amadeo. Sabemos que el tiempo por donde el hombre discurre su vida es una metáfora de la fatalidad de la existencia, una ilusión, como lo intuyó el rabino Ashlag o incluso un fenómeno que el propio san Agustín aseguraba no saber explicar, aunque sabía lo que era. Por lo pronto, su representación en el almanaque delimitaba en este caso preciso un espacio entre aquel lejano encuentro y el hoy que lo ponía en tierra.

Entonces, pareció encontrar la clave para dilucidar el acertijo, que de esto se trata cada decisión de vida, no importa qué fibra ésta involucre. Que la pelirroja menuda de ojos de mar haya soltado amarras y aceptado su invitación a cenar nada significaba. Los hombres de toda época siempre han manifestado la incomprensible capacidad de escoger caminos sin medirlos ni siquiera intuir su rumbo inevitable.

Se saca las gafas y las limpia. Entendió, aunque resignado, que no correspondía forzar el destino; esto supondría luego el sometimiento a una impredecible relación de eventos. Dialogar con una mujer como quien dialoga con uno mismo podría haber estado en la mente de Joyce, de Bergson o del mismo Borges, cuando sentado en un banco de Cambridge o de Ginebra, frente al Charles o tal vez al Ródano, conversó consigo mismo, más allá del tiempo. Y comprendió que esa alteridad no la iba a encontrar nunca en Angélica. En esa noche supo todas las noches, porque en el principio está el todo, en la beth del *Bereshit* del Génesis, Dios manifestó toda su potencia creadora.

Amadeo Ponce de León con el arco firme recorriendo su *tastiera* de la primera a la cuarta posición, desgrana las perentorias corcheas en la penumbra de la sala, mientras la reina de la noche espera su momento bajo la luna resplandeciente y Bakú continúa estático, acaso escuchando la interpretación desde su profundo letargo. Hace un cuarto de hora largo que pasó la medianoche y como hijo pródigo, satisfecho, llega al final de la obra o tal vez de su sueño. El último sol, una negra tras el arpegio de corcheas, queda sonando en la noche solitaria. El calderón lo expresa, prudentemente.

EL CAPITÁN GIOVANNI MERELLO,
CRUZADO

A Juan Pedro

SE distinguía entre la bruma en ese frío crepúsculo de invierno, la estoica torre románica de Saint-Germain-des-Prés. Un paréntesis en mis actividades me llevó desde mi apartamento esquinado de la rue de Saints-Pères y la rue de Sèvres hasta la plaza homónima. Allí, la temperatura de un dígito parecía no amedrentar a los turistas, que se reunían en pequeños grupos para seguir con el pie el sincopado contrapunto de la animada banda de jazz, cuyo sonido se perdía en la boca de la estación Saint-Germain y más allá del boulevard. Adentro de la iglesia, la misa había terminado y el Padre Domínguez iría a salir de un momento a otro para encontrarse conmigo.

El anuncio de la exposición de obras de Botero aparecido en *Pariscope* de ese mes de mayo de 2004 me permitió conocerle. Fue así como, entre la estética adiposa de su compatriota, unas rápidas palabras intercambiadas con el sacerdote no hicieron más que confirmar lo que Louis-Marie me había referido tiempo atrás. La inesperada existencia de una obra firmada por un tal Abbé Mazzini, salida de la imprenta en tiempos de Dom Mabillon, cuando la abadía de Saint-Germain-des-Près era aún floreciente. Luego escuché que Mazzini se decidió a publicar ese tratado por exhorto del propio autor de *De re diplomatica*, con quien mantenía amistosa relación epistolar, compartiendo la pasión por los métodos de análisis de la historia y la patrística.

Es sabido que al compás de las inflamadas estrofas de Rouget de Lisle los revolucionarios expropiaron, vandalizaron y transformaron en despojo la mayoría de los monasterios de la Orden benedictina, por no hablar de las otras[4]. A la furia y al odio de esos hombres, y luego al fuego de agosto de 1794 que acabó con la biblioteca de la abadía agonizante, sobrevivió felizmente, tanto la obra de Dom Mabillon como la iglesia abacial, devenida hoy uno de los más antiguos edificios de Paris. El Padre Domínguez, tras atender a unas jóvenes que fácilmente supe argentinas y más precisamente cordobesas, me recibió luego en Les Deux Magots. Enseguida, un café humeante se interpuso entre sus comentarios sobre el volumen del que me había referido en la Maison de l'Amérique Latine, durante la *vernissage*, y el mismo libro que me entregaba. "Téngalo", me dijo. "Léalo tranquilo, y después me lo devuelve".

Naturalmente, mis manos se apresuraron a hojearlo. Se presentaba como una re-edición de 1887 en formato In-8 (Paris, Aux Presses de la

---

4 Tal vez aquí no sea redundante recordar que los católicos franceses aceptan los hechos acaecidos a partir de 1789 como un castigo divino por la negación del Rey a consagrar la nación gala al Sagrado Corazón, según la revelación privada de santa Margueritte-Marie de 1689. También aquí viene al caso mencionar la demanda de Fátima de 1917 que no se habría cumplido, etcétera [*cf.* INNOCENTI, Jean-Eugène (1985), Le grand Péche de la Fille Ainée de l'Eglise, *Dieu est amor*, 71, pp. 31-34].

Source, 297 páginas) de la obra firmada por el Abbé Pierre Mazzini *La Croisade de 1096-1099. Expédition de Gênes à Antioche et Prise de la Ville – D'après un Palimpseste Anonyme.* Allí se consigna que la *editio princeps* vio la luz *avec le Privilège du Roi* en 1703.

Confieso que había cansado las páginas del opúsculo del marqués Girolamo Serra *La Storia de l'Antica Liguria e di Genova* (Capolago, Cantone Ticino, Tipografía Elvetica, MDCCCXXXV) sin éxito alguno; que había examinado otros muchos en la búsqueda de la bitácora del lejano antepasado zoagliense, de quien no tenía más que información fragmentaria, y no hice otra cosa que acumular frustración. Finalmente, ahora tenía ante mí si no la fuente primaria, la fuente secundaria que echaría luz definitiva a mi investigación. Era mi *eureka* o más bien mi "tierra a la vista", acaso imbuido, precisamente, de la misma emoción que tuvo Rodrigo de Triana al contemplar una de las islas Lucayas.

Ya de vuelta en casa, me sumergí en el libro y en las aguas en donde transcurre cuanto allí se describe, y mi presente se hizo pasado y los trenes de la línea 10 dejaron de trepidar en los cristales de mi habitación oval, ubicada exactamente sobre la antigua estación Croix-Rouge.

La obra reproducía y comentaba un texto anónimo del siglo XII que sin pretensión llevaba por título *De Bellis Antiochiae*. Mazzini subrayó escrupulosamente que el tratado se basaba en ese documento del que hasta donde yo sé, no se conservan ni el original ni una copia siquiera, y que sus palabras no hacen sino comentarlo en forma de glosa.

Su relato se instala en los tiempos tumultuosos bajo el papado de Urbano II, cuando los turcos selyúcidas se enfrentaban sin descanso a Alejo I Comneno emperador de Bizancio; cuando las aguas del antiguo Mare Nostrum debían ser forzosamente compartidas como un bien común; cuando el hambre, la peste y el caos hacían de Europa un universo desolador. Así, al grito de *Deus vult* proclamado por Pierre l'Hermite se movilizó a todo un continente por mar y tierra a fin de liberar la Tierra Santa. Y por mar, los cruzados partieron desde Génova, la Serenísima República, de donde zarpó en julio de 1097 con rumbo a Antioquía una flota de doce galeras, al frente de la cual navegaba el Capitán Giovanni Merello, oriundo del pequeño y antiguo enclave pre-romano de Zoagli. Un ejército de mil doscientos soldados liderados por Guglielmo

Umbriaco asimismo estuvo en servicio y fueron decisivos durante el asedio a Antioquía en 1098.

De Bellis Antiochiae después constaté que proviene a su vez de un diario de viaje. En él se da cuenta en forma de crónica, del exitoso trabajo del Capitán, bajo el flamear de la insignia de San Jorge, apoyando por mar a las tropas que se enfrentaban al gobernador Yaghi-Siyan. Mantuvo a los remeros, dice, a la tripulación, y al resto de los cruzados "con el espíritu templado ante la misión sobrenatural de recuperar los Santos Lugares que por inescrutable y justa razón son patrimonio espiritual de la Santa Madre Iglesia y de sus hijos diseminados por toda la faz de la Tierra" (*sic*). Agrega en otra página: "el Capitán, conocedor de su oficio de navegante, aceleró las acciones a efectos de no ceder un palmo al usurpador infiel". Valerosos hombres, sin duda, condujo el Capitán, "en esa intervención genovesa de gesta militar tan señalada". Finalmente, la ciudad fue tomada el 3 de junio de 1098, y Génova precipitó el surgimiento del Principado de Antioquía.

La obra de Mazzini finalmente confirma lo que en otras fuentes tiempo después pude corroborar: que a su vuelta a la Serenísima, el cruzado Merello, Soldado de Dios, llevó consigo desde

Mira, en Licia, las reliquias del mismísimo san Juan el Bautista, las que hoy se pueden venerar en la iglesia de San Martino de Zoagli.

****

La historia chica de las grandes historias entraña profundos misterios. Un día, en un bistrot frente al Sena, no lejos del Pont des Arts, lo hablábamos con Louis-Marie. A la semana siguiente, me interesó conocer la razón y circunstancias que llevaron al Padre Domínguez a adquirir un libro tan peculiar, cuando fui a reintegrárselo. "Lo encontré entre las ofertas de un *bouquiniste* del Quai du Louvre, y siendo que el tema de las Cruzadas siempre me cautivó, lo adquirí en el momento", fue su respuesta. Así, las conversaciones con mi amigo, el ejemplar de *Pariscope*, Botero, el *rendez-vous* con el sacerdote, me conectaron desde una lectura ávida de viernes por la noche, con los pormenores de una hazaña marítima que en cierto modo, me involucraba. El primer narrador, el del siglo XII, era hermano de un monje de la Abadía de Bobbio. Y formaba parte de la tripulación de la nave comandada por el propio Capitán. Probablemente, si tiempo después no hubiera pasado por ese cenobio el abate Pietro Mazzini por alguna razón desconocida, y no se hubiere llevado el manuscrito para su estudio, habida cuenta de su rareza, el libro y estas constataciones, nunca hubieran existido: un siglo después a su primera edición las tropas francesas ocuparon el lugar y los benedictinos fueron expulsados del monasterio.

A lo largo de la peripecia humana, se puede observar cómo las pequeñas decisiones parecen llevar en sí grandes sucesos, e incluso que otros insignificantes o que no revisten en apariencia mayor notoriedad, en un plano diferente determinan una sucesión infinita de eventos. Lo que de alguna forma podría configurarse en un diagrama de secuencia: un conjunto de objetos -y yo agregaría de sujetos -que interactúan a lo largo del tiempo, y esto sin solución de continuidad. Cabría aquí preguntarse cómo hubiera sido el día después, si en la víspera la daga de Marco Junio Bruto no hubiera encontrado a Cesar en el teatro de Pompeyo; qué hubiera sido para el Nuevo Mundo si Mehmed II no hubiera entrado a Constantinopla en 1453; si Napoleón I se hubiera decidido a avanzar donde Wellington y su ejército esa mañana del 18 de junio de 1815, a pesar de la lluvia de la noche anterior; si Aparicio Saravia y su poncho blanco no hubieran salido a recorrer el frente de fuego aquél fatídico día de Masoller, en esa guerra doméstica que -y como todas las guerras- tanto dolor sembró entre los orientales; o si el 12 de octubre de 1940 Berlin no hubiera abortado la Operación León Marino proyectada sobre Gran Bretaña.

La sucesión cambiante de los hechos de la naturaleza había movido a Crátilo hacia fines del siglo V antes de Cristo a reflexionar sobre la idea de Heráclito de que no es posible bañarse dos veces en el mismo río, pues entre las dos, el río y el cuerpo se han alterado, una dialéctica que engendraba un relativismo fatal. Pero Crátilo fue aún más lejos, sosteniendo que no es posible hacerlo ni siquiera una vez, porque el mundo está en constante cambio, y entonces también el río. Los cambios pequeños en realidad cambian el equilibrio de las cosas, y el destino último del universo tal como lo conocemos.

Por tanto, si Giuseppe Merello, nacido en Zoagli *circa* 1837 y proveniente de esa brava estirpe venida de los tiempos del Capitán Giovanni y luego protegida por la influyente familia Negrone, no se hubiera resuelto como otros tantos paisanos cansados de miseria e infortunio, en atravesar el océano para instalarse en una perdida ciudad del litoral uruguayo llamada Paysandú, sin duda alguna, hoy yo no estaría aquí sentado, desandando su marcha. No estaría aquí tomando estas apresuradas notas a la altura de la estación Denfer-Rochereau, mientras descubro en el reflejo de la ventanilla los ojos almendrados de una pequeña niña mirándome fijamente, hecho acaso atribuible a mi sombrero de ala, que reconozco un tanto *vintage* en este extremo de la historia.

Château de Plessis-Clairembault,
agosto de 2017

INDICE